회원귀 문구

소향 장편소설

畫員鬼 文具

화원귀 문구

상상초과

차례

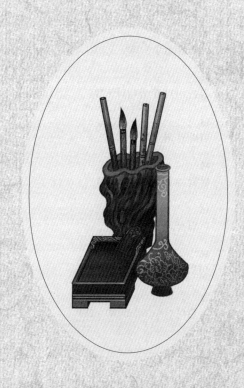

한 사내가 157년 만에 깨어났다. 봄이라기엔 아직 추위가 가시지 않은 어느 밤이었다.

비좁은 창고에서 눈을 뜬 사내는 꼼짝도 하지 않고 잠시 앉아 있다가 천천히 문을 열고 밖으로 나갔다.

문밖의 공간은 꽤 널찍했다. 그곳에는 어른 키 높이쯤 되는 진열대가 반듯반듯하게 줄을 맞춰 서 있었고, 층층마다 난생처음 보는 갖가지 물건들이 가득 쌓여 있었다. 그것들이 사내에게 긴 세월이 흘러버렸음을 일러주는 것 같았다.

멍하니 서 있는 사내에게 누군가 다가왔다. 저승사자였다. 사자가 스스로 자신의 존재에 대해 밝힌 것은 아니나 사내는 그가 저승사자라는 것을 바로 알 수 있었다. 사내는 산 사람이 아니므로. 죽은 자가 저승사자를 몰라볼 수는 없는 일이다.

저승사자는 나라와 시대가 짐작되지 않는 검은 옷을 말쑥하게 차려입고 있었다. 사자가 창백한 낯빛과 어울리지 않는 온기 가득한 목소리로 입을 열었다.

"오랜만이구나."

오랜만이라면 언젠가 만난 적이 있다는 뜻이다. 하지만 사내는 사자에 대한 기억이 전혀 없었다. 말하는 법을 잊은 것처럼 계속 아무 말도 하지 않는 사내를 저승사자는 가만히 바라만 보았다.

한참 뒤에 드디어 사내가 입을 열었다.

"저를 아십니까?"

"알다마다."

"저는…… 무엇이었습니까?"

사자가 길쭉한 원통 모양의 물건을 사내에게 건넸다. 나무로 만든 몸통에 가죽을 두르고 쇠 장식을 붙인 것이었다.

"떠오르는 것이 있느냐?"

사내는 한눈에 그것을 알아보았다. 살아있을 때 정성을 다해 만들었던 화구통이었다.

화구통을 보자 사내의 심연으로부터 작은 기억의 조각이 떠올랐다. 사내가 화구통을 여기저기 살피다 아래쪽에 적힌 두 글자를 보았다.

"제 이름은 허가…… 현입니다."

"더 기억나는 것이 있느냐?"

"저는 잠시나마 도화서*의 화원이었습니다. 그리고…….."

"그리고?"

"억울한 죽임을 당했습니다."

"누구로 인한 죽음이었더냐."

자신을 현이라 한 사내가 미간을 찌푸렸다.

"그건…… 기억이 나지 않습니다."

저승사자가 고개를 한번 끄덕이고 잠시 뜸을 들이다 입을 열었다.

"화구통을 열어보아라."

현이 화구통에 붙은 쇠 장식을 딸깍 열었다. 안에는 저마다 굵기가 다른 붓 서너 개와 먹물통, 작은 벼루와 두 개의 낙관 그리고 돌돌 말린 그림 한 점이 들어 있었다.

현이 그림을 펴보았다. 그림은 미완성이었다.

그런데 그때, 현이 몽둥이로 일격을 당한 사람처럼 그 자

---

* 조선시대에 화원을 양성하고 그림에 관한 일을 맡아보던 관아. 화원들은 주로 어진, 의궤도, 지도 등 실용적 목적의 그림과 초상화, 계회도 등 기록적 성격의 그림을 그렸다.

리에 주저앉고 말았다. 끔찍했던 죽음의 찰나가 섬광처럼
스쳐 지나갔기 때문이었다. 죽음으로 인해 그림을 미처 완
성하지 못했단 걸 알아차리며 현은 기억하지도 못하는 과거
의 두려움에 몸서리쳤다.

"죽지 말아야 할 네가 157년 전 이곳에 묻혔다. 그런 너를
구명하고자 내가 웃전에 진정을 올렸다. 웃전에서 네 처분
을 고심할 동안 너는 이승과 저승, 어디에도 속하지 못한 채
로 잠들어 있었지. 허나 이제 조금은 기뻐해도 좋다. 드디어
처분이 내려졌다."

"기뻐해도 좋다 함은…… 다시 살 수 있다는 것입니까?"

저승사자가 고개를 가로저었다.

"한 번 죽은 자는 절대로 다시 살아날 수 없다. 완전한 죽
음을 잠시 보류할 뿐."

현이 고개를 떨구었다. 삶에 대한 미련조차 어렴풋한 처
지였으나 어쩐지 심장이 조여드는 것만 같은 건 어쩔 수가
없었다.

"누군가가 깨우는 날로부터 너는 백 일의 시간을 얻을 것
이다. 그 시간 동안 스스로 너의 생을 기억해 내어라. 그리
고 그 기억으로 그림을 완성해라. 그리하면 모든 한이 풀릴
것이다. 이것이 보류자의 숙명이니."

"만약 그리하지 못하면 저는 어찌 됩니까?"

"한을 풀지 못하고 연유도 모르는 억울함에 울부짖으며 구천을 떠돌게 되겠지. 그러니 반드시 그림을 완성하여라. 이승의 미련을 정리하고 여한 없이 떠날 수 있도록. 너를 깨우는 자가 너를 돕고 너 또한 그를 도우리라."

저승사자가 발길을 돌리다 말고 이어 말했다.

"잊지 말거라. 좀처럼 얻기 힘든 기회란 것을."

현은 수수께끼 같은 저승사자의 말을 곱씹었다. 그러나 그럴수록 허허벌판에 홀로 선 어린아이처럼 더욱 막막해지기만 할 뿐이었다.

1
세진고 신입생 표단비

아침 7시 20분을 알리는 알람 소리가 요란하게 울렸다.

세진고등학교 신입생 표단비는 알람이 울리자마자 눈을 번쩍 떴다. 누가 보면 꿀잠이라도 잔 줄 알았겠지만 실은 일찍부터 시작한 중간고사 준비로 새벽 2시가 넘어서야 겨우 잠자리에 들었다.

단비는 뻑뻑한 눈을 두 손으로 꾹 누른 채 눈동자를 이리저리 굴린 다음 욕실로 가서 빠른 동작으로 손과 얼굴을 씻었다. 그리고 거울을 보며 머리를 감을까 말까, 잠시 고민에 빠졌다. 그러나 곧 그럴 시간에 5분이라도 더 자든지 단어 몇 개라도 더 외우는 게 생산적이라는 생각에 그만두기로 했다. 딱히 학교에 잘 보이고 싶은 애도 없었다.

화장실에서 나와 길고 찰랑거리는 머리를 검정 고무줄로

질끈 묶었다. 대강 수분 크림을 바르다가 용기 밑면에 붙은 스티커를 확인했다. 화장품을 개봉한 날짜가 적힌 스티커는 단비가 붙여놓은 것이었다. 단비는 개봉 날짜를 보고 오늘 방과 후에 새 화장품을 사야겠다고 생각했다.

'개봉한 화장품은 1년이 지나면 되도록 사용하지 않는다.'

'단비 다이어리' 뷰티 편에 적혀 있는 화장품 관리법 중 하나였다.

"우리 딸, 잘 잤니?"

주방에서 흥얼거리며 아침 식사를 준비하던 아빠가 노랫가락의 한 소절처럼 인사를 건넸다. 단비가 영어 뉴스 채널을 틀고 볼륨을 높인 다음 아빠에게 다가갔다.

아빠는 된장국을 데워놓고 계란프라이를 하는 중이었다. 요리한 지가 벌써 몇 년째인데 아빠의 손놀림은 아직도 이제 막 자취를 시작한 대학생처럼 서툴러서 보기에 위태로웠다. 단비가 프라이팬을 뚫어지게 보다가 입을 열었다.

"프라이 할 때는 외할머니가 준 들기름으로 하라니까."

"그러려고 했는데 어디 있는지 못 찾겠더라."

"어디긴 어디야. 냉장고 맨 아래 칸이지. 들기름은 산패가 빨라서 꼭 냉장고에 넣어놔야 한다고 내가 몇 번이나 말했는데."

"없던데?"

단비가 냉장고에서 들기름병을 꺼내 아빠 눈앞에 들이밀 었다.

"이건 뭐야?"

"아! 나는 그거 매실청인 줄 알고."

"하……. 헷갈리면 냄새만 맡아봐도 되는데."

"알았어. 미안. 다음엔 잘 보고 할게. 얼른 밥 먹자."

단비는 아빠가 또 같은 실수를 반복할 거란 걸 알고 있었 다. 그렇지만 회사에서 눈치 보는 것도 모자라 하나밖에 없 는 딸에게도 눈치 보며 사는 아빠가 짠해서 그쯤에서 멈추 었다.

단비가 보리차를 따라 마시며 냉장고 문에 붙은 메모지를 바라보았다.

유통기한이 얼마 남지 않은 식재료 이름들, 냉동실에 있 는 떡이나 고기 같은 음식 목록과 냉동한 날짜, 보호자 서명 을 받아야 하는 가정통신문, 곧 장을 봐야 하는 생필품들, 그 리고 맨 아래에는 각종 쿠폰 이름과 사용 가능 날짜가 조르 르 적혀 있었다. 모두 단비가 색색의 볼펜과 형광펜으로 보 기 좋게 정리해 놓은 메모였다. 문구 덕후에 필기왕다운 솜 씨였다.

단비는 그중 한 메모를 유심히 보았다. 신용카드사에서 보내준 편의점 쿠폰의 사용 기한이 어제까지였다.

"아빠, 만 원 이상 사면 오천 원 할인해 주는 편의점 쿠폰 썼어? 어제가 마지막이라고 내가 꼭 쓰라고 했는데."

단비가 식탁에 앉으며 말했다.

"으응?"

단비 앞에 수저와 젓가락을 놓아주며 아빠가 말끝을 흐렸다. 또 깜빡한 것이 분명했다.

"말했잖아. 우리 집 근처에는 그 편의점이 없어서 일부러 아빠한테 부탁한 거라고. 퇴근할 때 우유랑 요거트 사면서 꼭 쓰라고 내가 한 다섯 번은 얘기했을걸?"

"미안. 요즘 회사 일이 너무 바빠서 깜빡했다. 밥 먹자."

단비가 미간을 살짝 찌푸리고는 한숨을 한번 내쉬었다. 그리고 묵묵히 밥을 먹는 척하며 아빠를 쳐다보았다.

도저히 40대 후반이라고 볼 수 없는 기름기 없이 말끔한 얼굴에 날렵한 턱선, 아무거나 툭 걸쳐도 멋이 풍겨 나오는 군살 없고 탄탄한 몸. 어려서부터 너희 아빠 영화배우냐는 소리를 지겹도록 들었다. 하지만 그런 외모와 어울리지 않게 아빠 표동원 씨는 마음이 무척 약한 데다 눈치가 없고 우유부단하기까지 했다.

부서는 다르지만 같은 회사에 근무하는 이모의 제보에 따르면 아빠는 명문대 경영학과 출신에 최상의 성실성을 갖췄음에도 불구하고 정치질과 거리가 먼 탓에 이리 치이고 저리 치이기 바쁘다고 했다. 그러면서 진짜 하드웨어랑 스펙이 아깝다고, 그 스펙 그렇게 쓸 거면 자기나 달라고 우스개로 면박을 주곤 했다. 이모는 종종 엄마에게 아빠를 소개한 일을 후회하는 듯한 기색을 내비쳤지만, 그러거나 말거나 엄마는 아빠를 많이 좋아했다. 아니, 좋아했었다.

단비는 식탁에 놓인 엄마 사진 쪽으로 시선을 옮겼다. 사진 속의 엄마는 놀이동산에 가득 핀 빨갛고 노란 튤립 앞에서 어린 단비를 안고 환하게 웃고 있었다.

1년 전, 중학교 3학년 때 돌아가신 엄마는 아빠와 모든 것이 정반대였다. 늘 씩씩하고 유쾌했던 엄마는 아빠의 배려심과 바른 성품에 반했다고 했다.

'진짜야. 절대 얼굴만 본 거 아니라니까? 네 아빠 같은 사람, 이 세상에 없어.'

엄마가 틈만 나면 했던 그 말을 나중에는 모두가 인정할 수밖에 없었다. 긴 투병 기간 내내 한 번도 낯을 찌푸리지 않고 엄마를 극진히 돌봤으니까. 단비는 아빠가 답답해서 한숨을 쉬다가도 엄마가 했던 말을 마음속으로 곱씹으며 타박을 멈추곤 했다.

'그래. 표동원 씨 같은 사람 이 세상에 없지.'

가끔 단비는 아빠의 외모, 엄마의 성격을 물려받아 다행이라고 생각했다. 반대로 아빠의 성격과 엄마의 외모를 빼닮았으면 어쩔 뻔했나 싶었다. 단비는 목이 탄 듯 물을 한 모금 마셨다.

"엄마 아빠가 잘한 게 있어."

"응? 뭔데?"

"동생 안 낳은 거."

"그래? 엄마랑 아빠는 너 혼자라서 외로울까 봐 늘 미안했는데."

"외로운 게 더 나을지도 모르지. 발생할 수 있는 많은 문제를 사전에 막은 걸 수도 있잖아."

아빠가 수저를 들다 말고 걱정스러운 얼굴로 단비를 들여다보았다.

"단비야, 너 이제 겨우 열일곱 살이야. 왜 그렇게 비관적이니."

"비관적인 게 아니고 현실적인 거지."

"네가 왜 현실을 걱정해."

단비가 잠시 가만히 아빠와 눈을 맞추더니 자세를 바꾸면서 한껏 진지한 표정을 지었다.

"예를 들어서 말이야, 동생이 태어났는데 엄마 얼굴이랑 아빠 성격을 닮았어. 그럼 어떡할 거야?"

"그럼 그대로 사랑스러웠겠지. 사람은 모두 그 자체로 아름답고 소중한 거야."

단비가 젓가락으로 샐러드에서 방울토마토를 하나 집어 삼키고 물었다.

"걔도 그렇게 생각했을까?"

아빠는 벙찐 얼굴로 단비를 보다가 하려던 말을 삼키고 대신 국을 한 수저 떴다. 단비도 더 캐묻지 않고 묵묵히 마저 밥을 먹었다.

아빠의 식사 속도는 단비보다 거의 두 배가 걸릴 정도로 느렸다. 단비가 식탁에서 일어나 그릇을 싱크대에 넣고 양치를 하고 가방을 메고 나올 동안에도 아빠는 여전히 아침을 먹고 있었다.

현관으로 가는 단비에게 아빠가 말을 걸었다.

"오늘은 저녁에 학원 수업 없지? 맛있는 거 해줄게. 할 말도 있고."

단비가 그 자리에서 바쁜 발걸음을 멈추었다.

"무슨 할 말?"

"이따 얘기하자. 좀 길어서."

"아! 그러지 말라니까 좀. 몇 번을 말해. 이럴 거면 아예 말을 꺼내지 마. 하루 종일 궁금하고 걱정되잖아."

"신경 쓰지 마. 별 얘기 아니야."

"어떻게 신경을 안 써. 그냥 지금 해. 얼른."

"지각하면 안 되잖아. 대학 갈 때 안 좋다며."

아빠의 느긋한 화법은 언제나 단비를 답답하게 했다. 속이 탄 단비는 양발을 구르며 재촉했다.

"그런 건 내가 알아서 해. 말해봐. 어디 아파? 누가 또 보험 들어달래? 아니면 테니스 개인 레슨 받고 싶다더니 그 얘기야?"

"아니야."

"그럼 뭔데!"

참다못한 단비가 언성을 높였다.

"저기…… 아빠 투잡 하기로 했다."

드디어 아빠가 머리를 한번 긁적이고 대답했다.

"투잡? 아빠가 어떻게 투잡을 해? 회사 다니기도 바쁜데."

"무인 문구점."

"뭐?"

"사람 없이 운영하는 무인 문구점 말이야. 알아봤는데 생각보다 창업 비용도 많이 안 들어가고 퇴근 후에 한두 시간만 신경 써주면 되겠더라고. 2주 동안 회사 직원이 나와서 발주부터 소소한 것까지 다 알려주고 이것저것 지원해 준대. 신생 프랜차이즈라서 마케팅도 공격적으로 해주고. 회사 다니면서 할 수 있겠더라니까."

"무슨 돈으로?"

"집 팔고 빚 갚고 나서 남은 거 조금 있어. 부족하면 대출 좀 받으면 되고."

결국, 우려하던 단어가 등장했다. 대출이란 단어가 나오자마자 단비는 급하게 손을 들어 아빠의 말을 막았다.

"아빠! 잠깐만. 엄마가 아빠한테 당부했던 거 기억 안 나?"

당부란 엄마의 유언을 말했다.

엄마는 죽기 전 단비에게 '단비 다이어리'를 남겼다. 단비 다이어리는 인간관계, 요리 레시피, 단비, 아빠, 위기 대처, 뷰티, 건강, 자산 관리, 입시, 연애, 결혼 등 열 개가 넘는 챕터로 나뉘어 있었고, 챕터마다 단비의 인생에 필요한 여러 가지 조언이 꼼꼼하게 적혀 있었다.

반면에 아빠에게는 딱 두 가지 당부만을 유언으로 남겼다. 단비는 아빠에게 그 두 가지 당부를 상기시키려는 것이었다.

아빠가 잠깐 뜸을 들이다가 말을 꺼냈다.

"너 다니는 학교 가까운 데 살아야 한다는 거랑 집 한 채는 꼭 있어야 한다는 거."

"그렇지. 아빠한테 그렇게 딱 두 가지만 당부했지. 그런데 우리 지금 집 없지? 퀸즈캐슬 아파트 팔고 한 동짜리 아파트 전세로 왔잖아."

"그래서 아빠가 투잡 하려는 거야. 우리 가족 살던 집 다시 사려고."

"당연하지. 105동 902호, 꼭 다시 사야지. 엄마랑 살던 곳인데."

단비가 한숨을 푹 쉬고는 다시 조심스레 물었다.

"설마 벌써 계약한 건 아니지?"

"했는데……."

"아니! 그렇게 중요한 건 나하고 상의했어야지. 장 볼 때는 무지방 우유 살까, 저지방 우유 살까 놓고도 한참 고민하는 사람이 이럴 땐 왜 그렇게 결정이 빨라?"

비명에 가까운 소리가 절로 나왔다. 단비는 무턱대고 일을 저질러버린 아빠를 이해할 수 없었다.

"단비야. 아빠는 어른이고 가장이야. 너는 공부하기만도 바쁜데 그런 걸 왜 말해. 그리고 마침 조건 좋은 상가가 나왔어. 하늘에서 엄마가 도와주는 게 아닐까 싶다니까?"

"그러다가 망하면."

"망하긴. 아빠가 다 알아봤어. 큰돈은 못 벌어도 망하지는 않겠더라고. 아빠 잘할 수 있어. 넌 걱정하지 말고 공부만 열심히 하면 돼. 아빠는 네가 아이 같지 않게 이럴 때마다 마음이 아파."

단비가 고개를 숙여 시계를 보고서는 신경질적으로 스니커즈를 발에 꿰었다. 그리고 아빠 쪽을 돌아보지도 않고 현관문을 밀며 소리쳤다.

"저녁에 다시 얘기해. 만약 또 사기당한 거면…… 이번엔 나 진짜 가만 안 있어."

단비네 아파트는 유명 학원가가 늘어선 대로변 바로 뒤편 건물들 사이에 섬처럼 있었다. 전에 살던 퀸즈캐슬 아파트는 안쪽 주택가에 있어서 몰랐는데 지금 사는 대로변 아파트는 자동차 경적 소리가 밤늦게까지 들렸고 바닥도 옛날 집보다 금방 더러워졌다.

"쯧쯧, 이게 다 타이어 가루야. 이거 마시면 다 병 되는 건데……."

외할머니가 반찬을 가져다주러 와서 바닥을 걸레로 훔치

다 한 말이었다. 단비도 흰 양말을 세탁기에 넣을 때마다 차이를 느낄 수 있었다. 하지만 그깟 타이어 가루는 마셔도 그만이었다.

문제는 그게 아니었다. 신경 안 쓰려 했지만, 초등학교와 중학교 친구들은 대부분 퀸즈캐슬이나 근처 대형 아파트 단지에 살아서 은근히 자존심이 상했다. 아빠도 그걸 모르지 않았을 텐데 학교와 가깝다는 이유로 굳이 지금 사는 한 동짜리 아파트를 계약했다. 엄마의 유언 중 벌써 하나를 지키지 못했으면서 다른 하나만은 꼭 지키겠다고 고집을 부린 것이다. 사실 엄마의 유언은 가망 없는 병원비를 그만 쓰라는 완곡한 부탁이었을 텐데.

엄마와 아빠는 결혼 12년 만에 학군지로 유명한 이곳 세진동에 작지만 어엿한 24평 아파트를 마련했다. 비록 대출이 많이 끼었지만, 단비를 위해 명문 학군에 집을 장만한 것이었다. 단비가 초등학교 3학년 때였고 그렇게 몇 년 동안은 아주 행복했다. 이사하고 얼마나 기뻤는지 엄마는 단비 방을 꾸미고 안 하던 블로그까지 열었다. 블로그 이름은 '핑크 공주 단비네 집'이었다.

하지만 엄마가 투병을 시작하고 입원 치료가 길어지면서 그렇게 아끼던 집을 파는 건 어쩔 수 없는 선택이 되었다. 하필 부동산 하락기여서 제값도 받지 못했다. 물론 보험을 제대로 들었더라면 집을 팔지 않을 수도 있었다.

신혼 초, 친구가 집까지 찾아와 들이민 보험증서에 아빠가 덜컥 사인을 해버렸다고 했다. 엄마가 병원에 누워서 들려준 이야기였다.

"매달 넣는 돈에 비하면 나중에 받는 것도 턱없이 적은 보험이었어. 보험 들고 나서 한 1년인가 있다가 그 친구랑 연락도 끊겼다더라. 그나마 죽어야 목돈을 받을 수 있는데 아빠가 병원비에 쪼들리니까 중간에 해약해서 원금도 못 건졌어. 나한테 말했으면 절대 해약 못 하게 했을 텐데. 보험은 만기 전에 해약하면 무조건 손해거든. 하여간 네 아빠는 손해 보면서 사는 데는 선수라니까. 단비 너는 보험 함부로 들지 말고 잘 알아보고 들어. 잘못하면 그게 다 족쇄야. 살다 보면 해약하자니 그동안 부은 게 아깝고, 계속 넣자니 부담되는 날이 오게 마련이거든."

엄마는 그 말을 하면서도, 그렇게 아파하면서도 웃었다.

단비는 엄마가 죽은 후에도 '핑크공주 단비네 집'을 삭제하지 않았다. 블로그에 들어가면 잠깐이라도 그 시절로 다시 돌아간 것 같은 기분을 느낄 수 있었으니까. 세상이 언제까지나 환하고 따뜻할 줄만 알았던 그 시절을 지울 순 없었다.

엄마의 장례를 치르고 돌아온 날, 회색 공기가 묵직하게 내려앉은 집에 들어서며 단비는 알아차렸다. 이제부터는 지금까지와는 전혀 다른 날들을 살아가야 한다는 것을 말이다. 기쁜 일이 있어도 기쁨만을 누릴 수 없으며, 슬픈 일이 생기면 두 배로 힘이 드는 날들을.

　신호가 바뀌고 대로를 건넌 지 얼마 되지 않아 단비가 다니는 세진고등학교가 보였다.

　"학교가 정말 심하게 가까워. 이렇게까지 가까울 필요는 없는데."

　단비의 입에서 자조 섞인 말이 나지막이 튀어나왔다.

2
낡은 화구통

그날 저녁, 단비와 아빠는 저녁을 먹고 집을 나섰다. 아파트 정문에서 나와 왼쪽 골목으로 10분쯤 걷다가 어느 상가 앞에서 아빠가 걸음을 멈추었다. 그러더니 만면에 뿌듯한 미소를 가득 띠고 말했다.

"여기야. 아빠가 계약한 가게."

"뭐야, 벌써 가게도 구했어?"

"응. 위치 좋지? 이 블록은 아파트랑 빌라랑 소규모 학원들이 섞인 주택가라 좀 복잡하긴 해도 유동 인구가 많아. 멀지 않은 데 초등학교도 있고."

단비도 종종 지나치던 곳이었다. 1층에 상가 두 개가 나란히 있고, 2층과 3층은 원룸으로 임대하는 듯한 작고 오래된 건물이었다. 좋아라 하는 아빠와 달리 단비는 좀 실망스러웠다.

"건물이 너무 낡았다."

"인테리어 할 건데 뭐. 계약 조건이 좋아서 망설이면 놓치겠더라고."

"조건이 어떻게 좋은데?"

"월세가 시세보다 저렴한 데다가 곧 입점 가능하대."

"불안한데? 장사 안되는 곳이라 그런 거 아냐?"

"아니야. 이만한 위치에 이만한 가게 찾기 힘들다고 대표님도 꼭 하라고 하셨어. 조만간 인테리어 공사 들어갈 거야."

단비가 아빠를 빤히 바라보았다. 아빠는 홈쇼핑 채널에서 바지 두 장을 사면 한 장 더 주는 행사를 할 때 한 장만 살 것이냐, 사은품을 받기 위해 두 장을 살 것이냐를 두고 한참 고민하는 사람이었다. 두 장을 사자니 이미 비슷한 바지가 너무 많아 낭비인 것 같고, 한 장만 사자니 사은품이 아깝다며 나라 잃은 표정을 짓고 있는 걸 보고 단비가 TV를 꺼버린 적도 있었다.

단비 돌잔치 때는 분홍 드레스를 입힐지, 하얀 드레스를 입힐지 결정하는 데 2주가 걸렸다고 했다. 그러다 드레스 배송이 늦어져 마음을 졸였는데 돌잔치 3시간 전에 도착해 택배 기사님을 끌어안을 뻔했다며 무용담처럼 얘기하곤 했다.

그렇게 사소한 일은 지켜보는 사람이 미칠 정도로 답답하게 굴면서 보험 해약, 집 매도에 이어 상가 계약처럼 큰일은 턱턱 잘도 저질렀다. 아빠 표동원 씨는 그런 사람이었다.

　"이미 다 정해놓고 나한텐 이제야 통보하는 거네."

　"모든 일이 일사천리라 설명할 시간이 없었어. 단비야, 전에도 말했지만 이건 네가 걱정할 문제가 아니야. 아빠가 다 알아서 할게. 아빠 퇴근하고 딱히 하는 일도 없잖아."

　"알았어. 이왕 이렇게 된 거 할 수 없고, 하나만 약속해. 절대 문구점으로 나 신경 쓰이게 하지 마."

　"그럼. 당연하지."

　"그리고 망하면 나 진짜……."

　"알았다니까."

　"이번에도 손해 보면 진짜 가출해 버릴 거야."

　"단비야, 아무리 그래도 그런 말은 좀."

　"아빠!"

　"으응?"

　"나 이럴 때 농담 안 하는 거 알지. 지금 궁서체거든."

　아빠가 단비 눈을 뚫어지게 보면서 고개를 크게 끄덕였다. 마치 사극에서 전쟁터에 나가기 전 죽기를 각오하는 장군처럼 비장했다. 아빠의 목울대가 크게 꿀렁였다.

인테리어 공사는 거의 바로 시작되었다. 아빠는 매일 밤 단비가 학원에서 돌아오면 사진을 보여주며 얼마나 진행되고 있는지 알려주었다.

"진행이 생각보다 무척 빨라. 위치 정하는 게 가장 큰 일인데 그게 수월하게 해결돼서 그래. 체인점이라 인테리어도 어디서 어떻게 할지 알아볼 필요도 없고."

어느 날은 키오스크나 동전 교환기 같은 기계가 들어온 것을, 어느 날은 진열대를 들인 것을 자랑했다. 보안용 CCTV도 여덟 대나 달았다고 했다. 만나면 얼마나 만났다고 알면 알수록 대표님이 정말 좋은 분이라며 신이 나서 추켜세우기도 했다.

아빠의 늦은 귀가가 계속되더니 드디어 개업일이 되었다. 아빠는 아침부터 보름달처럼 부푼 얼굴로 들떠 있었다.

"디데이가 오긴 오는구나. 아빠 오늘 휴가 냈어. 이따 학교 끝나고 잠깐 들를래?"

아빠가 등교하려는 단비를 붙잡고 말했다. 대뜸 붙잡힌 단비는 퉁명스러운 표정을 지었다.

"문구점으로 나 신경 쓰이게 하지 말랬지."

"그럼, 그럼. 그래도 개업일이니까 너 섭섭할까 봐 말해본 거야."

단비는 툴툴대면서도 느지막이 한번 들르겠다고 대답했다. 그동안 아빠가 문구점에 대해 말할 때마다 못 들은 것처럼 굴었지만, 솔직히 좀 궁금했다.

그래서 학원을 마치고 집으로 가는 길이 아닌 다른 길로 돌아서 문구점에 갔다.

문구점에 도착한 단비는 깜짝 놀라고 말았다. 분명 전에 아빠랑 함께 온 곳이 맞는데, 칙칙했던 공간이 생각보다 훨씬 예쁜 문구점으로 변신한 것이었다. 꼭 누군가 마법을 부린 것 같았다.

가게 전면에는 간판 대신 눈에 확 띄는 노란색 차양이 있었고 거기에 문구점 상호가 귀엽고 사랑스러운 글자체로 적혀 있었다. 문구점 바깥에는 뽑기 기계 여덟 대가 2단으로 쌓여 있었고 화사한 축하 화분들이 희망찬 브라스 밴드처럼 늘어서 있었다. 깨끗한 통유리 벽 너머로는 가게 내부가 한눈에 보였다.

단비가 문구점 문을 밀고 들어갔다. 개업일이라 그런지 늦은 시간인데도 손님이 꽤 많았다. 그 사이로 아빠가 분주히 움직이고 있었다.

"사장님! 부자 되세요."

단비가 아빠에게 얼굴을 불쑥 들이밀며 장난스레 말했다.

"단비 왔구나."

아빠가 환하게 웃으며 단비를 살짝 안아주었다. 외할머니와 이모는 벌써 다녀갔다고 했다.

"뭐, 생각보다는 괜찮네."

눈으로 가게를 훑어보며 단비가 아무렇지 않은 듯 툭 던진 말이었다. 아빠는 그것만으로도 좋은지 휴, 하고 과장되게 큰 숨을 내뱉더니 어려운 시험을 통과한 학생처럼 안도하는 표정을 지었다.

말은 그렇게 했지만 단비는 가게 내부도 무척 근사하다고 생각했다. 상품은 군인들이 진열한 것처럼 줄과 각이 딱딱 맞고 배치도 적당했다. 키오스크가 두 대라 손님들이 많을 때도 오래 기다리지 않아도 되었고 사각지대 없이 곳곳에 CCTV가 설치되어 있었다. 귀엽고 재미있는 도난 경고문과 실시간으로 녹화 중이라는 걸 보여주는 화면이 키오스크 바로 위에 있어서 주인이 없을 때도 경각심이 들 것 같았다. 적당한 실내 온도에 은은한 향기가 맴돌아 쾌적하기까지 했다. 그동안 아빠가 세심하게 애쓴 흔적이 곳곳에 보였다.

단비는 한쪽 벽을 따라 천천히 가게를 둘러보았다. 그러다 가게 출입문 맞은편 벽에 다다라 구석에 문이 하나 있는걸 보고 열어보았다. 그곳은 온갖 상품과 비품, 청소 도구 등이 빽빽하게 들어차 있는 창고였다.

그런데 창고에 어울리지 않는 물건이 하나 눈에 띄었다. 쇠 장식이 붙고 가죽을 두른, 나무로 만든 긴 원통이었다. 미술 도구를 넣고 다니는 화구통 같았다. 아니, 어깨끈이 달린 걸 보니 화구통이 분명했다. 다만 플라스틱이 아닌 나무로 만들어진 데다가 손으로 직접 만든 듯 투박했다. 무척 오래되어 보이는 것이 문구점 창고가 아니라 박물관에 있는 게 더 어울리는 물건이었다. 누가 어디서 이런 걸 가져온 건지, 이런 걸 파는 곳이 있기나 한 건지 의아할 정도였다. 이리저리 살피던 단비의 눈에 화구통 하단에 적힌 한문 두 글자가 보였다.

'許賢…… 허현?'

허현. 아무래도 화구통 주인의 이름인 듯했다.

그 순간, 단비는 뭔가 알아챈 듯 낡은 화구통을 던지다시피 내려놓고 아빠를 향해 성큼성큼 걸어갔다. 무척 화가 난 얼굴이었다.

"창고에 있는 화구통 뭐야?"

"아, 그거. 인테리어 공사 끝날 때 팀장님이 주고 간 거야. 공사하는데 꼭 누가 놓고 간 것처럼 갑자기 바닥에 놓여 있었대. 내 것인가 해서 보관해 놨다고 하더라고. 나도 처음

보는 거지만 이전 가게 사장님이 두고 간 건지, 물건 배달하는 분이 잘못 가져온 건지 알 수가 없어서 일단 보관해 뒀어. 주인이 찾을지도 모르는데 함부로 버릴 수도 없고."

"그걸 나보고 믿으라는 거야? 개업일이라고 깜짝쇼 연 건 아니고?"

무슨 말인지 모르겠다는 표정의 아빠에게 단비가 쏘아붙였다.

"나 다시 그림 그리라고, 이런 거 보면 내가 혹할까 봐, 어디서 또 골동품이랍시고 속아서 비싸게 사 온 건 아니고?"

그제야 아빠는 단비가 왜 화가 났는지 눈치챘다. 당황한 아빠가 눈을 크게 뜨고 손까지 흔들며 부정했다.

"뭐? 아니야. 진짜 모르는 일이래도."

"이제 다시는 그림 안 그린다고 내가 분명히 말했지. 이유도 다 알면서 도대체 왜 이래!"

할 말을 끝낸 단비는 몸을 휙 돌려 가게를 나가버렸다. 아빠에게 무어라 변명할 틈도 주지 않고서.

3
내신 전쟁

세진고등학교는 일반고지만 좋은 학군으로 손꼽히는 세진동에서도 선호하는 이름난 명문고였다. 진학률이 웬만한 특목고나 자사고에 못지않을 정도였다. 중3 담임 선생님에게 유명 자사고 진학을 권유받았을 때 단비는 조금도 망설임 없이 세진고에 가겠다고 대답했다. 의대에 가기에는 일반고가 더 좋다는 이유를 대면서. 어느 정도는 진심이었지만 기숙사에 들어가면 아빠와 떨어져 지내야 한다는 게 사실 자사고 진학을 포기한 가장 큰 이유였다. 엄마 없는 집에 매일 아빠 혼자 있게 하고 싶지는 않았다.

세진고는 경사가 완만한 오르막길 끝에 있었다. 자그마한 산이 뒤에서 안듯이 학교를 품고 있어 도심에 있는데도 조용하고 아늑했다.

단비는 오르막길을 올라 정문으로 향했다.

"표단비!"

뒤를 돌아보니 하은이가 단발머리를 펄럭이며 달려오고 있었다. 하은이는 중학교 2학년 때부터 단비의 절친한 친구였다. 쉽사리 곁을 주지 않는 단비가 마음을 터놓는 몇 안 되는 친구, 하은이의 작은 얼굴이 언제부터 뛰었는지 발갛게 달아올라 있었다. 안타깝게도 달리는 하은이의 속도는 바로 옆에서 성큼성큼 걷는 환희와 별 차이가 없었다. 환희가 단비를 향해 해사하게 미소지으며 긴 팔을 휘저었다. 속마음이 바닥까지 훤히 보이는 미소였다.

환희가 중학교 때부터 단비를 좋아한다는 건 모르는 애가 없었다. 그런데 아들에 대한 과한 관심과 자부심으로 유명한 환희 엄마만 정작 아들이 단비에게 절절매는 걸 모르고 있었다. 단비는 환희가 그러거나 말거나 신경도 쓰지 않았지만.

"박하은. 뭐 하러 뛰어. 힘들게."

단비가 하은이 쪽으로 시선을 고정하고 뚱한 표정으로 말했다.

"너랑 같이 가려고."

"어차피 종일 같이 있는데, 뭐."

하은이는 그랬다. 등교도, 급식도, 주말과 학원 그리고 비밀과 고민까지, 무엇이든 단비와 함께하고 싶어 했다. 그러나 무작정 매달리지는 않았다. 단비가 혼자 있고 싶어 할 때면 누구보다 더 잘 눈치채고 존중해 주었으니까.

"넌 안 가냐?"

단비가 하은이 옆에 멈춰 선 환희에게 물었다.

"가야지."

"먼저 가. 나 하은이랑 할 말 있어."

"알았어. 참! 레드크로스 들어올 거지?"

"응. 그러려고."

"잘됐다. 너라면 면접도 잘 볼 거야. 자세한 건 나중에 다시 얘기하자."

환희가 애써 밝게 웃었다. 단비의 시큰둥한 반응이 익숙한 듯 환희는 머뭇거리지도 않고 손을 흔들고서 큰 보폭으로 앞서 걸었다.

환희가 성큼성큼 멀어지자 하은이가 물었다.

"레드크로스가 뭐야?"

"있어. 화학이나 생명과학 실험하고 봉사활동 하는 자율 동아리. 가입이 좀 까다로워."

레드크로스는 정규 동아리가 아니었지만 사실상 세진고

학생들이 가장 선호하는 동아리였다. 수준 높은 과학 실험, 보고서 작성, 특별한 봉사활동. 이 세 가지를 할 수 있기 때문이었다. 암암리에 의대나 최상위 공대에 가려는 학생들의 필수 동아리라고 알려져 있었다. 정말인지 모르지만, 엄마들끼리도 서로 다 알고 지내며 봉사할 때 차로 데려다주는 것은 물론, 실험할 연구소까지 연결해 준다는 말도 있었다.

"이제 대입에 봉사 안 들어간다던데? 학종*도 축소된다는데 그렇게까지 해야 해?"

단비가 하은이를 측은한 눈으로 바라보았다. 네가 뭘 알겠냐는 눈빛이었다. 그런 단비의 눈앞에 하은이가 들고 있던 고양이 참치를 흔들었다. 하은이는 얼마 전부터 학교에 출몰하는 길고양이들에게 먹이를 챙겨주고 있었다. 학교 건물 뒤쪽에 있는 낮은 산과 이어진 좁은 공터가 하은이의 아지트였다.

"이것 봐라. 오늘은 다른 참치 가져왔어. 어떤 걸 더 잘 먹나 보려고."

"너는 얻어먹는 고양이 입맛까지 신경 써주냐."

---

* 학생부종합전형의 줄임말. 학교생활기록부 등을 바탕으로 학생의 학교생활 전반과 종합적인 능력을 정성적으로 평가하는 입시전형을 뜻한다.

"이제 나 알아보는 것 같아. 이따가 점심시간에 줄 거야."

갑자기 단비가 발걸음을 우뚝 멈추고서 하은이를 마주 보았다.

"박하은. 살아있는 것에 정 주지 말라니까. 언젠가는 헤어질 텐데 뭐 하러 그래. 너만 힘들어져."

"어? 아니, 난 그냥……."

하은이는 금세 시무룩해졌다. 그런 하은이를 보고 단비가 굳은 낯빛을 풀며 팔짱을 꼈다.

"하여간 내가 무슨 말을 못 해요. 대신에 나보고 같이 가자고는 하지 마라."

"물론이지. 너 이번 중간고사 꼭 전교 3등 안에 들 거라며. 점심시간에도 공부해야지."

단비가 다급히 하은이의 입을 틀어막으며 주위를 두리번거렸다.

"조용히 좀 해. 누가 듣겠어."

"미안, 미안. 그런데 뭘 걱정해. 너 정도면 전교 1등 하고도 남을 텐데. 애들이 다 너 왜 특목고 안 가고 일반고 왔냐고 그러더라니까."

단비가 한숨을 푹 쉬고는 속사포처럼 말을 쏟아냈다.

"잘 들어, 박하은. 내신이 그렇게 만만한 게 아니야. 중학

교 때랑은 달라. 과목별 덕후라는 게 존재한다고. 수학 문제
는 중학생보다 못 풀면서 영어만 파는 애, 자기가 사극 주인
공인 줄 아는 한국사 덕후, 다른 과목은 죄다 찍고 자면서 수
학만 하루 10시간씩 푸는 애, 중학교 때 벌써 물리2, 화학2
까지 세 바퀴 돈 과학 덕후, 맨날 애니만 봐서 꿈도 일본어로
꾸다가 네이티브의 반열에 오른 일본어 덕후까지. 다른 과
목 포기하고 그 과목만 매달리는 다양한 덕후님들 때문에 1
등급이 어려운 거라고. 1등급은 비율로 보면 반에서 겨우 한
명이니까."

하은이가 고개를 절레절레 흔들었다.

"아, 듣기만 해도 머리 아프다."

"시험문제 쉽게 나오기라도 해봐. 그건 더 문제야. 수행
평가 1, 2점 때문에 등급 밀리기도 한다고. 점수가 너무 촘
촘하게 몰려서. 그러니 뭐 하나 소홀히 할 수가 없어. 그렇
게 시험 내는 건 너무 무책임하지 않냐? 내신 등급제는 진짜
말도 안 되는 제도야. 봐봐. 우리 학교 1학년 326명 중에 과
목별 1등급은 4퍼센트까지니까 1등부터 13등까지, 2등급은
11퍼센트까지라 14등부터 36등까지거든. 35.86이라 반올
림해서."

"3등급은?"

"그걸 알아서 뭐 하게. 3등급 뜨면 죽을 건데."

"아!"

단비는 입시 제도에 불만이 많았다. 특히 내신 등급제를 싫어했다. 1등하고 13등도 차이나지만, 14등이랑 36등이랑은 실력 차이가 큰데 같은 2등급인 게 말이 되지 않는다고 생각했다. 그러나 제도를 바꿀 수는 없는 일이라 툴툴거리면서도 예체능 과목 수행까지 신경 썼다.

단비는 어떻게든 의대에 가고 싶었다. 그래서 꼭 하늘에 있는 엄마에게 합격증을 보여주고 싶었다.

"그런데 왜 의대 가려고 해? 너 원래 중학교 때는 미대 가고 싶어 했잖아."

하은이가 갑자기 생각났다는 듯 물었다.

"단비 다이어리에 적혀 있어."

"진짜? 의대 가라고?"

"아니. 그렇게 구체적으로 쓰여 있는 건 아니지만 난 알아. 그리고 성적도 따라 주는데 안 갈 이유도 없잖아?"

하은이가 초롱초롱한 눈으로 단비를 바라봤다.

"하긴 그렇지. 네가 꿈을 이룰 수 있도록 기도할게."

"뭐, 그래주면 고맙고. 목사님 딸 기도는 더 잘 들어주시려나."

물어보지는 않았지만 하은이란 이름은 하나님의 은혜라는 뜻일 것이다. 이름에 걸맞게 하은이는 신앙심이 남달랐다. 단비는 하은이와 처음 만난 중학교 때가 떠올랐다.

급식 시간에 밥을 먹을 때마다 식사 기도를 하는 하은이에게 종종 빈정대며 놀리는 아이들 무리가 생겨났다. 유명한 일진, 이기준 무리였다. 단비가 그런 장면을 세 번째로 목격한 날이었다. 그날따라 놀림이 길어져 평소에는 아무렇지 않은 척 넘기던 하은이도 어쩔 줄 몰라 하고 있었다.

"그렇게 열심히 기도하는데 성적은 왜 그 모양이냐."

"야, 기도하면 다 이루어지냐? 그럼 네 얼굴부터 어떻게 해달라고 해봐."

"요! 에이멘!"

"할렐루야!"

그때, 단비가 킥킥대는 일진 아이들 앞으로 성큼성큼 걸어갔다. 그리고 고개를 뚝 소리가 나게 왼쪽으로 한번 꺾고 말했다.

"야이씨! 못난 형제님들아. 조용히 입 닥치고 밥이나 처먹어라. 지금 니들 때문에 역겨워서 토 나올 것 같거든. 나 위장장애 걸리면 손해배상 청구할라니까."

이기준의 눈빛이 순식간에 이글거렸다.

"표단비, 너 미쳤냐? 뒤지고 싶어?"

"미친 건 니들이지 이 잉여들아! 남이 밥 먹기 전에 기도를 하든, 개다리춤을 추든 니들이 무슨 상관이냐고. 내가 지금 동영상 다 찍어놨거든. 이기준, 너 벌써 학폭위 두 번이나 열렸지. 한 번 더 열리면 강전이 기다리고 있을 것 같은데? 나 저쪽에서 식사하시는 교무부장 쌤한테 폰 들고 간다. 이미 클라우드에 전송해 놨으니까 혹시나 뺏어서 지울 생각은 하지 말고. 아! 그리고 네가 저지른 종교의 자유 방해 및 학교폭력 영상이 지금 이거 하나가 아니란 것도 잘 알아둬."

단비는 단 한마디도 반박하지 못하도록 몰아붙였다. 결국 이기준 무리는 미친 쌈닭하고 상대해 봤자 피곤하다며 큰 소리가 나게 의자를 밀어젖히고는 자리를 떴다.

그때부터 하은이는 단비를 아기 오리처럼 졸졸 쫓아다녔다. 오는 사람 막고 가는 사람 잡지 않는 단비였지만 하은이만은 하는 대로 내버려 두었고 둘은 자연스럽게 가장 친한 사이가 되었다.

단비가 그날 하은이를 도운 데에는 아무도 모르는 이유가 있었다. 하은이가 식사 기도 하는 걸 볼 때마다 단비는 엄마 생각이 났다. 엄마도 식사 때마다 꼭 기도하고 밥을 먹었다.

나중에 음식을 아무것도 넘기지 못하게 되었을 때도 그랬다. 진통제도 소용없는 엄청난 고통 속에서도 엄마는 자신이 아니라 단비와 아빠를 위해 기도했다.

5교시는 미술 시간이었다. 선생님이 제시한 한국화 중 하나를 선택해서 환경문제와 접목해 새롭게 그려내는 활동을 3월에만 벌써 3주째 하는 중이었다. 1학기 동안 실시하는 두 번의 미술 수행평가 중 하나였는데 미술 선생님은 집에서 해 오는 건 믿을 수 없다며 매 수업 시간이 끝날 때마다 학생들의 작품을 걷어 갔다.

"단비야, 너 진짜 대단하다."

미술 선생님이 단비 그림을 보고 진심 어린 감탄사를 내뱉었다. 근처 아이들도 우르르 몰려들어 웅성거렸다.

단비가 그린 그림은 궁에서 왕좌 뒤에 세우는 병풍에 그려진 '일월오봉도'를 재해석한 작품이었다. 초록이 가득한 원작과 달리 단비의 일월오봉도는 사막 같았다. 마치 서유기에 나오는 화염산과 비슷한 모습이었는데 메마른 산에서는 불길이 치솟았고 해와 달은 빛을 잃었다. 물줄기는 말랐으며 좌우에 푸른 잎을 자랑하며 있어야 할 소나무 두 그루는 누군가에게 잘려서 밑동만 덩그러니 있었다.

"구상이랑 밑그림부터 남다르더니 채색이 들어가니까 정말 강렬해. 색이며 주제 표현 방식이며 도저히 고등학생 작품이라고 볼 수가 없어. 혹시 미대 지망하니?"

"미대요? 전혀요."

단비가 정색하며 차갑고도 단호하게 대답했다. 그러더니 갑자기 호들갑스러운 웃음을 터트리고는 재빠르게 대답을 번복했다.

"아, 제 말은요. 제 실력으로 어떻게 미대를 가겠냐 그런 뜻이었어요, 선생님."

혹시라도 미술 선생님이 기분 나빠 하지 않을까 염려되어서였다. 꼭 점수 때문이 아니더라도 선생님들에게 건방진 학생으로 찍히는 건 바보 같은 짓이다. 선생님들 사이의 평판은 좋으면 좋을수록 이득이니까. 3년만 학생부의 노예로 살자, 단비는 입학 전부터 이렇게 결심했다.

"아니야. 선생님이 보면 알지. 넌 타고났어. 진지하게 생각해 봐."

선생님이 단비의 어깨를 살짝 짚으며 상냥하게 웃어주고는 다른 아이들을 봐주러 자리를 옮겼다.

단비는 어려서부터 그림을 잘 그렸다. 엄마에게 소질을 물려받은 덕이었다. 서양화를 전공한 엄마는 중학교에서 기간제 미술 교사로 일했다. 엄마는 단비가 그린 그림을 볼 때마다 엄마보다 훨씬 잘 그린다면서 너무나 좋아하곤 했다.

그림이 좋아서, 엄마가 좋아하는 모습이 좋아서, 단비도 자연스럽게 화가를 꿈꾸며 자랐다. 하지만 엄마가 죽은 뒤 단비는 꿈을 접었다. 절대로 붓을 들지 않았다. 이번에도 수행평가가 아니었다면 그림 같은 건 그리지 않았을 터였다.

그림은 아무런 힘이 없었다. 아픈 엄마에게 아무것도 해 주지 못했다. 그리고 무엇보다도 단비는 그날의 자신을 용서할 수가 없었다. 그림이 뭐라고…….

단비가 옛 기억을 떨치고 다시 수행평가에 집중하기 시작한 그때, 단비를 계속 노려보는 아이가 있었다. 장우주였다.

조금 전 장우주는 어떤 아이가 친구에게 속삭이는 소리를 똑똑히 듣고 말았다. 그리고 그 말은 아직도 아물지 못한 쓰라린 옛 상처를 다시 헤집었다.

"야, 아까 보니까 표단비 대충 그리는 것 같던데, 미대 간다는 장우주 그림보다 훨 낫다. 훨 나."

"그러니까. 쟤는 못 하는 게 뭐야? 중학교 때도 전교권에 학생회에 아주 날아다녔는데. 사회성 빼고 다 가졌네. 아, 재수 없어."

장우주의 손이 바르르 떨렸다. 손에 쥔 미술용 6B 연필이

덩달아 부러질 듯 흔들렸다. 그 바람에 선이 아주 조금 어긋나고 말았다. 어긋난 선이 벌레라도 되는 것처럼 장우주는 3주간 그린 그림을 그 자리에서 구겨버렸다.

4
문구점을 사수하라

정신없던 3월이 지나고 4월이 되었다. 여기저기서 성큼 다가온 봄기운이 느껴졌다. 그러나 계절의 변화를 느낄 여유는 없었다. 단비는 곧 시작될 중간고사 준비에 여념이 없었고 아빠는 아빠대로 바빠서 서로 얼굴 볼 시간도 없었다.

아빠는 퇴근 후에 다음 날 먹을 반찬과 단비 간식을 해놓고 문구점에 가서 일을 보았다. 그리고 단비가 학원 수업이 있는 날이면 끝나는 시간에 맞춰 마중을 나갔다. 그때가 부녀가 잠시라도 이야기를 나눌 수 있는 시간이었다. 집에 오면 단비는 씻자마자 바로 책상으로 가서 공부하고 늦게나 잠들었으니까.

어느 날 집에 오는 길에 문득 단비는 아빠의 얼굴이 어둡다는 걸 알아차렸다.

"아빠, 솔직히 말해. 무슨 일 있지."

"아냐. 일은 무슨."

"귀신은 속여도 난 못 속여. 말해봐. 문구점이 생각만큼 잘 안돼?"

"아냐."

"그럼 회사에 무슨 일 있어?"

"그게……."

아빠가 망설이다가 어렵게 입을 열었다.

"저…… 아빠 두 달 정도 해외 출장 가게 될 것 같아."

"뭐?"

단비가 늦은 밤 골목이라는 걸 잊고 비명에 가까운 소리를 내질렀다.

"문구점은? 그동안 문 닫는 거야?"

"아니, 어떻게 그래. 그러면 손해가 얼만데. 이제 시작인데 절대 안 되지."

"그럼 어떻게 해."

"방법을 생각해 봐야지."

아빠는 이런 일을 예상하지 못했던 걸까? 어쩐지 일이 술술 잘 풀린다 싶었다. 생각해 보면 표씨 집안에 어울리지 않는 태평성대였다.

단비가 생각해도 문구점을 휴업하는 건 말도 안 되는 일이었다. 월세나 대출이자, 관리비도 문제였지만 아직 입소문도 나지 않은 가게가 휴업하면 다들 문을 닫은 줄 알 게 뻔했다. 저절로 한숨이 나오고 가슴이 답답해졌다.

"문구점으로 신경 쓰이게 하지 않겠다고 약속했잖아."

"넌 신경 쓰지 않아도 돼."

대책 없이 태평한 대답, 아빠다웠다.

집에 와서 책상에 앉아도 단비는 도무지 공부에 집중할 수가 없었다. 결국, 아빠를 불러내어 식탁에 마주 앉았다.

"출장은 꼭 가야 하는 거지?"

"어. 다른 사람 보내려고 해봤는데 그럴 수가 없어."

"아빠는 어떻게 했으면 좋겠어?"

"사람 써야지. 그런데 믿고 맡길 사람을 구할 수 있을지 그게 문제야. 일단 집안일은 외할머니께 부탁드려 보려고 해. 우리 집에 오셔서 같이 지내면서 너 좀 돌봐달라고."

아빠의 말에 단비는 기겁했다.

"뭐? 그건 안 돼! 그 얘기 다시는 꺼내지 마."

외할머니가 싫은 건 아니었다. 단비에게 언제나 잘해주셨으니까. 하지만 같이 지내는 건 전혀 다른 문제였다. 생각만

해도 어색하고 불편했다.

"언제 떠나는데?"

"3주 후."

3주 후면 중간고사가 끝날 무렵이다. 단비는 잠시 곰곰이 생각에 잠겼다. 그러다가 마침내 고개를 들고 입을 열었다.

"이렇게 해. 어차피 나 집에서 밥 거의 안 먹으니까 반찬만 외할머니께 부탁드리고, 일주일에 한두 번 청소랑 빨래 해주시는 분 따로 불러줘. 문구점 물건 정리랑 청소는 하루에 한두 시간 정도 알바 구하자. 내가 밤에 학원 끝나고 집에 오기 전에 들러서 청소 잘되어 있나 보고 그날 매출 정산할게. 재고 확인해서 발주 넣고."

"그걸 네가 어떻게……. 생각보다 신경 쓸 일 많아."

"그 정도는 할 수 있어. 중요한 정산이나 재고 관리를 알바한테 맡길 수는 없잖아. 그리고 솔직히 말해서 그동안 아빠가 나를 돌봐줬다기보다 내가 아빠를 챙겼지. 안 그래? 아빠가 얼마나 손이 많이 가는 사람인지 설마 모르는 건 아니지? 온라인 장보기도, 공과금 납부도, 심지어 가계부 쓰는 것까지 다 내가 했잖아."

"그렇긴 한데……."

아빠가 말끝을 흐렸다.

단비의 말은 사실이었다. 항상 한 박자 느리고 뭔가 빼먹기 일쑤인 아빠를 챙기는 건 엄마의 몫이었고, 엄마가 아픈 다음부터는 단비의 몫이었다. 단비 다이어리 '아빠' 편 1번도 '아빠를 종합적으로 잘 챙기기'였다. '종합적으로'라니. 아마 무엇을 어떻게 챙기라고 일일이 적을 수 없어 그렇게 적었을 테지.

"당분간 알바비 나가고 전만큼 신경 못 써서 수익 줄어도 어쩔 수 없는 거 아냐? 이렇게라도 유지해야지. 문 닫는 것보다는 낫잖아."

아빠가 아무 대꾸도 하지 못하자 단비가 쐐기를 박았다.

"집도 사수하지 못했는데 문구점이라도 사수해야지."

아빠는 결국 단비에게 항복했다. 떠나기 전까지 본사 관리자 전화번호와 매장 관리 앱 사용법, 인터넷뱅킹 비밀번호, 매장 실내 온도 및 조명 관리 시스템, 보안 관련 매뉴얼과 키오스크 관리법 등 문구점 업무에 필요한 모든 것을 알려주기로 했다. 단비가 최소한의 관리 감독만 할 수 있도록 요구한 것들을 차질 없이 준비해 놓기로 한 것은 물론이다.

"아빠가 최대한 일 빨리 마치고 돌아올게."

"더 늦지나 마셔."

단비가 퉁명스럽게 대꾸했다.

시간은 빠르게 흘러 아빠가 출국하는 날이 되었다. 중간고사가 끝나는 날이었다. 단비네 반은 종례 중이었는데, 4반 구동하가 앞문에 버티고 서서 누가 봐도 부담스러운 눈빛으로 단비네 교실을 바라보고 있었다. 남궁경빈을 기다리는 모양이었다.

구동하와 남궁경빈은 모든 면에서 튀는 것 없이 평범한 아이들이었으나 유명한 커플이었다. 만남과 헤어짐을 수도 없이 반복했기 때문이다. 둘은 중학교 2학년 겨울방학 때 수학 학원에서 만났는데 지금까지 헤어졌다가 다시 사귄다고 공식적으로 선언한 횟수만 열두 번이었다. 비공식 기록까지 합하면 열네 번이라고 주장하는 아이들도 있었다. 이들의 만남과 헤어짐은 매번 꽤나 소란스러웠고 바로 그것이 이 커플이 유명해진 이유였다. 헤어질 때마다 학원가 뒷골목에서 대판 싸운 적이 여러 번이었지만 곧 언제 그랬냐는 듯 구동하의 두툼한 팔에 매달린 남궁이를 다시 목격할 수 있었다. 이들의 별명은 '안물안궁'. 궁금하지 않으니 조용히 좀 사귀라는 주변인들의 바람이 느껴지는 별명이었다. 둘은 다른 중학교를 나왔지만 같은 고등학교에 진학하겠다고 남녀공학인 세진고를 1지망으로 지원했다.

"동하는 오늘도 출석 도장 찍는구나."

단비네 담임인 이재원 선생님이 교실을 나가며 구동하에게 농담 겸 인사를 건넸다. 이재원 선생님은 50대 후반에 왜소한 체격의 통합과학 담당으로 왠지 모를 연민을 불러일으키는 안쓰러운 외모의 소유자였지만, 항상 학생들을 먼저 챙기는 따뜻한 분이었다.

"쌤. 우리 경빈마마 잘 부탁드립니다."

구동하가 이재원 선생님에게 허리를 90도로 굽혔고, 남궁이는 그런 구동하를 뿌듯한 눈으로 바라보았다. 그러나 이 예측 불가 커플은 내일이면 다시 남남이 될지도 몰랐다.

부산스럽게 움직이는 아이들 사이를 헤집고 환희와 하은이가 단비에게 다가왔다.

"우리 오늘 놀자. 뭐 할까?"

하은이가 들뜬 목소리로 말했다.

"나도 오늘 시간 돼. 늦게 들어간다고 엄마한테 말했어."

환희도 상기된 얼굴로 말했다.

그러나 단비는 둘을 향해 팔을 연체동물처럼 휘저으며 말했다.

"나 못 놀아. 너희들끼리 놀아."

"왜? 시험도 끝났는데."

"온실 속 화초 같은 너희들이 뭘 알겠니. 나 오늘부터 소녀 가장이야."

소녀 가장도 밥은 먹을 거 아니냐는 하은이와 환희의 성
화에도 단비는 곧장 집으로 향했다. 그러고는 교복도 갈아입
지 않고 침대에 벌렁 드러누웠다. 외할머니가 다녀가셨는지
식탁에 점심이 차려져 있었지만, 밥보다 잠이 고팠다. 일주
일의 시험 기간 동안 하루 4시간 이상 잔 날이 없었으니까.

다행히 중간고사는 실수 없이 잘 치렀다. 단비가 천장을
보며 혼잣말을 중얼거렸다.

"엄마, 나 진짜 잘하고 있지? 엄마가 나 무지 걱정했잖아.
아니, 아빠를 더 걱정했었나? 아무튼 엄마, 이제 우리 걱정
은 하지 마⋯⋯."

단비는 혼잣말을 미처 끝내지 못하고 금세 깊은 잠에 빠
져들었다.

단비가 다시 눈을 뜬 건 저녁 식사 시간이 훌쩍 지난 8시
쯤이었다. 모처럼의 단잠이었다.

거실로 나가 밖을 내다보니 하늘이 깜깜했다. 거리는 네
온사인과 자동차 불빛으로 어지러운데 집 안은 너무나 적막
했다. 이제 정말 혼자구나 싶은 생각에 차가운 소나기를 맞
은 우산 없는 어린아이처럼 쓸쓸해졌다.

단비는 옷을 갈아입고 식은 밥과 국을 다시 데우고 늦은 저녁을 먹었다. 그리고 책을 들었다.

한창 책에 빠져 있는데 알람이 울렸다. 밤 10시, 문구점을 정리하러 갈 시간이 된 것이다. 단비는 운동화를 신고 집을 나섰다.

문구점 운영 시간은 아침 7시부터 밤 11시까지였다. 출입문은 CCTV와 연동되어 지정된 시간인 7시와 11시에 원격 자동 출입통제 시스템으로 열리고 닫혔다. 그리고 출입문의 개폐에 맞춰 전체 매장의 조명도 자동으로 점등 또는 소등되었다. 아주 가끔 마감 시간 전에 나가지 못해 매장에 갇히는 손님들이 있었다. 그러면 보안 업체에서 전화가 왔고, 단비가 CCTV를 확인하고 앱으로 문을 열어주었다. 거의 모든 관리를 앱으로 하기에 아빠가 떠나기 전 단비도 앱을 다운로드했다.

무인 문구점 운영이란 항상 스마트폰을 들여다봐야 하는 일이었다. 무인 문구점이라고 해서 쉽게만 봤는데 그렇지 않았다. 특히 초반에는 운영 적응 기간도 필요해서 회사 다니면서 하느라 아빠가 정말 바빴겠다는 생각이 들었다. 그러나 단비는 문구점에 최대한 신경 쓰지 않으려고 노력했다. 공부에 방해받고 싶지 않아서였다. 아빠가 출장지에서도 할 수 있는 일은 직접 했기 때문에 공부할 때는 스마트폰을 무음으로 해놓곤 했다.

매출이나 재고 관리도 앱으로 했다. 손님들이 키오스크로 결제하면 매출이 앱에 실시간으로 반영되고 상품이 소진될 즈음 알람이 울린다. 발주는 재고에 맞춰 미리 설정해 놓은 만큼 자동으로 이루어지고 배달도 마찬가지였다. 이렇게 앱으로 어디서나 할 수 있는 일들이 대부분이었지만 그럼에도 꼭 문구점에 가서 해야만 하는 일들이 있었다.

단비는 먼저 키오스크를 열고 꽉 찬 지폐를 덜어냈다. 그리고 영수증 두루마리 용지를 갈아 끼웠다. 아직 용지가 꽤 남아 있었지만, 내일 손님들이 계산하다 영수증이 나오지 않으면 곤란하니까 아예 미리 새것으로 갈아두는 쪽이 마음 편했다. 쓰레기통을 보니 두 개 중 하나가 꽉 차 있어 종량제 봉투를 꺼내어 묶은 다음 새 봉투로 갈아 끼웠다. 그리고 키오스크에 가까운 진열대부터 흐트러진 상품을 정리하기 시작했다.

청소는 아무래도 내일 해야 할 것 같았다. 은근히 할 일이 많았다. 겨우 구한 알바가 아빠가 떠나자마자 그만두었기 때문이다. 알바 앱에 구인 등록을 해놨지만, 하루에 2시간만 일하는 사람을 구하는 건 생각보다 쉽지 않았다. 빨리 사람이 구해지지 않으면 어쩌나, 걱정이 많이 되었다.

마지막으로 해야 할 일인 신상품 진열을 위해 단비는 창고로 갔다. 배달 온 신상품 박스는 항상 창고 안에 넣어두기로 기사님과 미리 약속되어 있었다. 신상품을 진열하고 집에서 미리 만들어 온 가격표를 진열대에 끼우면 일단 오늘할 일은 끝이었다.

창고 문을 여니 상품 이름이 적힌 박스 세 개가 쌓여 있었다. 단비는 박스를 내려다보며 갈등했다. 지금 할까, 내일할까.

"에이, 얼마나 걸린다고."

결국 단비는 박스를 열었다.

그때였다. 구석에 서 있는 화구통이 단비의 눈에 들어왔다. 개업하는 날 봤던 낡은 화구통이었다. 아직 주인을 못찾았는지 창고에 그대로 있었다.

화구통을 보자 단비는 그날 아빠에게 화냈던 기억이 떠올랐다. 그리고 아빠가 떠날 때까지 그날 일을 사과하지 않았다는 걸 깨달았다. 순간 목구멍이 뻐근해질 정도로 콱 조여왔다. 세상에 하나밖에 없는 아빠에게 매번 퍼붓고 후회를 반복하는 자신이 미웠다.

울적해진 기분을 떨쳐보려 단비는 헛기침을 한번 했다. 그리고 화구통을 들어 살펴보았다. 화구통에 적힌 이름이 다시 눈에 띄었다.

단비가 노크하듯 화구통을 손가락으로 두드리고 혼잣말을 했다.

"허현……. 누구지?"

단비는 쇠로 된 잠금장치를 풀고 화구통을 열어보았다. 안에는 여러 가지 굵기의 붓과 작은 벼루, 낙관, 먹물통 등 한국화 도구가 들어 있었다. 조금 이상한 것은 각기 다른 호(號)가 적힌 낙관이 두 개 들어 있다는 것이었다. 그리고 둘둘 말린 종이 한 장도 들어 있었다. 화구통이 낡은 것에 비하면 안에 든 그림 도구들은 정성껏 관리된 듯했다.

단비가 종이를 펼쳤다. 그리다 만 그림이 보였다.

어떤 남자가 높은 바위에 앉아 그림을 그리는 모습이었다. 멋스럽게 휘어진 소나무들이 남자가 앉은 바위를 둘러싸고 있었고, 바위틈 사이로 물이 흐르고 있었다. 남자가 바라보는 곳에는 넓은 들판이 펼쳐져 있었으며 그리다 만 말한 마리가 그 들판을 달리고 있었다.

그뿐이었다. 분명 수려한 풍광이었지만 아직 다 그리지도 못한 미완성 작품일 뿐이었다. 그런데도 단비는 머리를 한

대 얻어맞은 것 같았다. 그림이 순식간에 눈길을 사로잡았기 때문이다. 미완성인데도 무척 아름답고 신비로워 누군지도 모르는 화가에게 샘이 날 정도였다.

단비는 화구통에 그림과 그림 도구를 도로 넣으며 괜히 혼자 투덜거렸다.

"뭐야. 아빠는 누가 천 년 전에 버린 걸 주워 온 거야?"

단비는 화구통을 창고 구석에 도로 밀어 넣고 신상품을 진열한 뒤 집으로 돌아갔다. 늦은 밤인데도 학원가의 가로등은 환했고 거리에는 학생들이 가득했다.

다음 날 같은 시간에 단비는 문구점에 가서 어제와 같은 일을 시작했다. 그러고서 청소를 하려다가…… 그만 경악하고 말았다. 구석에 있는 회전 스탠드 진열대 쪽이었다. 누군가 스티커를 떼서 바닥이고 벽이고 사방에 붙여놓은 것이었다. 스티커 포장 비닐도 바닥에 그대로 버려둔 채였다. 단비는 아무도 없는 무인 문구점에서 떠나가라 소리를 질렀다.

"누구야! 어떤 개념 없는 초딩이야!"

그런데 가만히 보니 그게 다가 아니었다. 그건 시작에 불과했다. 지퍼가 열린 필통이 있었고, 실내화도 한 켤레 꺼내져 있었다. 색연필 세트가 뚜껑이 열린 채 놓여 있었고 그 옆

바닥에는 그 색연필로 그림이 그려져 있었다. 그 와중에 그림을 너무 잘 그려놓아서 범인이 꼭 약을 올리는 것 같아 더욱 화가 치밀었다. 단비는 씩씩거리며 스마트폰을 꺼내 앱을 열었다. CCTV를 확인해 보려는 것이었다.

초등학생들이 가장 많이 몰리는 대략 오후 3시부터 화면을 돌려보았다. 빠르게 돌려도 보는 데 시간이 꽤 걸렸다. 한참 지나도 범인은 나타나지 않았다. 그런데 밤 9시 50분쯤 되었을 때였다. 화면에 보고도 믿을 수 없는 장면이 펼쳐졌다.

갑자기 스티커가 공중에 붕 뜨더니 스티커 조각이 하나씩 떨어져 여기저기 철썩 붙기 시작했다. 단비는 놀라서 다시 화면을 돌려보았다. 다시 보아도 똑같은 장면이었다. 계속 이어서 보았더니 이번에는 실내화가 저절로 몇 발자국 움직였고, 필통이 열렸고, 색연필이 저절로 움직이며 그림이 그려졌다.

얼음 조각이 주르륵 미끄러져 내리는 것처럼 단비의 등줄기에 차가운 소름이 돋았다. 투명 인간이라도 다녀간 걸까? 아니면 귀신? 믿을 수 없는 광경에 단비는 꽁꽁 얼어붙고 말았다.

그때였다. 어디선가 누군가의 말소리가 들렸다.

"버린 것이 아니오. 천 년 전은 더욱 아니고."

단비가 소리 나는 쪽을 향해 천천히 고개를 돌렸다. 몸은 고정한 채 고개만 아주 천천히. 그러고는 소리도 지르지 못하고 그 자리에서 돌처럼 굳어버렸다. 희한한 옷을 입은 어떤 남자가 화구통을 들고 창고에서 나오는 걸 보았기 때문이다.

남자는 의아한 표정을 지으며 단비에게 물었다.

"그런데 초딩이 무엇이오?"

5
생전에 도화서 화원이었소

남자는 옷차림부터 말투, 분위기까지 너무나 생경해 도무지 현실감이 느껴지지 않는 사람이었다. 낯선 남자의 등장에 단비는 한발 한발 뒷걸음질을 치다 겨우 문구점 밖으로 뛰쳐나갔다. 그리고 가까운 편의점으로 달려갔다. 온몸을 부들부들 떠는 단비를 보고 편의점 알바생이 놀라며 다가와 물었다.

"왜 그러세요. 무슨 일 있어요?"

단비가 호흡을 몇 번 가다듬고 간신히 입을 열었다.

"우, 우리 문구점에 도둑이 든 거 같아요."

"아니, 정말요? 112에 신고할까요?"

"문구점 보안 업체가 있으니까 일단 업체에 연락할게요. 경찰은 좀 부담스러워서. 보안 업체에서 올 때까지만 저 여기 잠깐 있어도 될까요?"

"그럼요, 그럼요."

알바생은 편의점 구석 테이블에 단비를 앉히고 온장고에서 따뜻한 꿀물을 하나 꺼내어 뚜껑을 따서 건네주었다. 단비가 떨리는 손으로 꿀물을 받았다. 달콤하고 따뜻한 걸 마시니 조금 진정이 되는 것 같았다.

잠시 후, 경광등을 켠 보안 업체 차량이 문구점 앞에 서는 게 보였다. 단비는 알바생에게 인사하고 밖으로 나가 문구점으로 돌아갔다.

보안 업체 직원들은 단비에게 경위를 듣고 함께 문구점 안으로 들어갔다. 안에는 아무도 없었다. 창고도 마찬가지였다. 단비가 당황하며 말했다.

"아까는 분명히 창고에서 사람이 나왔어요."

"네. 그렇더라도 지금까지 여기 있지는 않겠죠. 저희 쪽에 경보도 울리지 않았고요. 일단 키오스크부터 확인하겠습니다. 없어진 고가의 상품이 있는지 확인해 주세요."

단비와 직원들이 두루 살폈으나 없어진 것은 없었다. 직원들은 창고도 세심하게 살폈다. 창고 안에는 이상한 것도, 남자가 빠져나갈 만한 별도의 문도 없었다.

"없어진 게 전혀 없는데요? 무단침입 흔적도 없고요. 혹시 손님을 도둑으로 오해하신 건 아닐까요? CCTV를 한번 확인하겠습니다."

단비는 직원들에게 CCTV를 보여줘도 될지 판단이 서지 않았다. 아빠도 없는데 일을 복잡하게 만드는 건 아닐까 걱정도 되었다. 고민하던 단비가 직원들을 제지했다.

"말씀하신 대로 제가 손님을 보고 오해했을 수도 있겠네요. 아니, 오해가 맞는 것 같아요. 와주셔서 감사합니다."

직원들은 조금 의아하다는 표정을 짓더니 문제가 생기면 언제든 다시 연락하라는 말을 남기고 돌아갔다.

단비는 문을 닫고 집으로 가려다 그 자리에 멈추어 섰다.

그 사람은 도대체 누구일까. 너무 궁금했다. 낮부터 미리 창고에 숨어든 도둑일까 생각해 봤지만, CCTV에 찍히지 않은 것은 어떻게 설명할 수가 없었다. 자신이 잘못 본 게 아니라면.

여전히 몹시 두려웠다. 하지만 궁금한 걸 그냥 넘겨본 적이 없는 단비였다. CCTV에서 본 것과 그 남자의 정체를 밝히지 못하면 잠이 올 것 같지 않았다. 단비는 어찌할까 계속 고민했다.

마침내 결심한 단비가 문구점의 조명을 모두 밝히고 출입문을 활짝 열어놓았다. 전화를 손에 단단히 쥐고 마음을 굳게 먹은 뒤 창고 앞으로 다가가서 숨을 한번 크게 쉬었다. 그리고 조심스레 문을 열었다.

문을 열자 그 남자가 보였다. 아까 그 남자가 창고 안에서 화구통을 든 채 단비를 보고 웃고 있었다. 단비는 그만 다리에 힘이 풀려 주저앉고 말았다. 다시 봐도 놀랍고 무섭기는 마찬가지였으니까.

그런데 이 와중에 단비가 자신에게 놀란 건, 귀신인지 강도인지 모를 저 남자가 잘생겼다는 생각이 들었다는 것이었다. 주저앉은 채 바들바들 떨면서도 단비는 자기도 모르게 남자가 아이돌 누구랑 닮았는지 가늠했다. 그런 자신이 너무 어이없어서 움직일 수만 있으면 머리통을 한 대 쥐어박고 싶었다.

단비가 놀란 건 안중에도 없다는 듯 남자는 여전히 웃고 있었다. 그가 천천히 입을 열었다.

"천 년 전이 아니라 겨우 157년 전이오. 아! 이 화구통이 만들어진 때를 말함이 아니고 나와 함께 땅에 묻힌 때를 말하는 것이외다."

도통 알아들을 수 없는 소리였다. 단비는 전화기를 더욱 꽉 그러쥐고서 겨우 입을 떼고 물었다.

"누, 누구세요."

"나는 허가 현이오."

"허……현? 저 화구통에 쓰여 있는 그 이름?"

"그렇소."

역시 그 한자는 사람 이름이었다.

단비는 아무래도 이 이상한 일이 저 낡고 오래된 화구통에서 비롯된 것 같다는 생각이 들었다. 오래된 물건이라 영화에 나오는 것처럼 정령이라도 깃든 걸까? 그 짧은 사이 단비는 화구통을 진작 버렸어야 했다고 후회했다.

"어떻게 갑자기 창고에서 나온 거예요? 창고에 비밀 출입구라도 있어요? 그런 얘기는 못 들었고 찾아봐도 없었는데?"

이를 앙다물고서 단비가 다시 물었다.

"모두 낭자 덕분이오."

"네?"

"어제 내 이름을 불러 깨워주지 않았소? 현 세상에 아는 이가 하나도 없어 나올 수가 없었는데 이리 반겨주어 무척 고맙게 생각하오. 나에게 다시 백 일이란 시간을 갖게 해준 사람이 그대라오."

"도대체 무슨 말인지……."

단비는 기억을 더듬었다. 어제 화구통을 똑똑 두드리고 한자를 읽었던 기억이 떠올랐다. 그냥 눈에 보이는 한자를 읽었을 뿐이었다. 그게 반겨준 거라고? 초등학교 때 한자 급수를 따게 한 엄마가 원망스러워졌다. 저 사람 말대로라면, 그때 이름을 읽지 않았다면 깨어나지도 않았을 거란 말이 되니까.

"땅에 묻힌 지 157년 되었다니, 그건 무슨 말이죠?"

"한마디로 내가 산 사람이 아니라는 뜻이지 않겠소."

그럼 귀신이라는 말이냐고 반문하고 싶었지만 그랬다가 정말 귀신이라고 할까 봐 겁이 나 차마 그러지 못하고 있는데 저 남자, 현이 바로 이어서 말했다.

"그렇지만 완전히 죽은 사람도 아니오."

아리송한 현의 말에 단비는 두려우면서 화도 나고 황당하기도 한 이 기분을 어떻게 표현해야 좋을지 몰랐다. 꿈을 꾸는 게 아닌가 싶을 지경이었다. 그런데 현이 알 수 없는 말을 계속 쏟아냈다.

"난 보류자요."

"그게 무슨 소리예요?"

"살았다고도 그렇다고 죽었다고도 할 수 없는 상태, 즉 완전한 죽음이 잠시 보류된 상태란 말이오."

죽음이 보류되다니. 태어나 처음 들어보는 말이었다.

"내 폐는 끼치지 않으려 하오. 본디 남에게 폐 끼치는 걸 죽기보다 싫어하는 성정인지라."

그 말에 단비가 뾰족하게 발끈했다.

"이미 상당히 폐를 끼친 것 같은데요?"

"무슨?"

"낙서랑 스티커, 다 그쪽이 한 거 아니에요?"

"아! 미안하오. 처음 보는 물건들이 너무 신기하여 그만. 그보다 낭자가 나를 좀 도와주어야겠소."

단비는 어이가 없었다. 기절할 틈조차 주지 않는 **뻔뻔함**이었다. 그 **뻔뻔함**에 질려 어느새 두려움이 사라지고 대신 그 자리에 화가 들어차 단비의 목소리가 저절로 높아졌다.

"뭘 또 도와요, 돕기는!"

"내 당분간 이곳에서 지냈으면 하오."

"뭐라고요?"

"이곳에서 지내며 기억을 되살리려 한다는 말이오. 지금 나는 생전의 기억이 거의 남아 있지 않다오."

이곳에서 지낸다고? 도통 이해가 되지 않는 와중에도 황당한 그 말은 또렷하게 들렸다.

"설마, 여기서 살겠다는 말이에요, 지금? 남의 영업장에서?"

단비가 다시 한번 말을 또박또박 끊어가며 물었다.

"그렇소."

"왜 하필 우리 가게에서요?"

"저승사자의 권유가 있었소."

더 듣고 있을 만한 말이 아니었다. 단비가 비틀거리며 자리에서 일어섰다. 남의 영업장에 침입한 것도 화가 나는데 여기서 살겠다는 저 귀신을 어떻게 응징해야 할까. 비록 플라스틱이지만 문구점에서 파는 '용사의 칼날 천하제일 검'이라도 뽑아서 휘둘러야 하나, 생각했다.

"진짜 어이가 없네. 주인은 안중에도 없고 귀신들끼리 뭐 하자는 거지? 싫다면요?"

"이곳은 내가 묻힌 곳이오. 아직 기억나지 않으나 내 생전에 억울한 죽임을 당했다 하오. 억울함을 풀지 못한 영혼은 원귀가 되오. 그리하면 낭자와 낭자의 점포에 좋지 않은 일이 일어나겠지요. 내 의지와는 전혀 상관없이 말이오. 혹 지박령이 될 수도?"

"지금 협박하는 거예요?"

"협박이라니 당치 않소. 나 또한 들은 대로 말하는 것뿐이오. 정 믿지 못하겠으면 지금이라도 사자를 부를 터이니 이야기 나눠보시겠소? 사자가 말하길, 나를 깨운 사람이 나를 도울 것이라 했는데 그대가 나를 깨웠기에 그대에게 부탁하는 것뿐이라오."

단비는 기가 차서 가슴을 주먹으로 팡팡 두드렸다.

"물론 공짜로 기거하겠다는 것은 아니오. 말했듯이 남에게 폐 끼치는 걸 죽기보다 싫어하는지라. 예서 일하겠소. 돈은 필요 없으니 받지 않겠소."

현이 당당한 표정으로 말했다.

"이봐요. 누가 일할 사람 필요하대요? 여긴 무인 문구점이라고요."

"사양 마시오. 보아하니 부리는 아랫사람 하나 없이 낭자 혼자 고생하던데 서로 좋은 일 아니겠소? 또한, 내가 온전한 사람이라고 하기는 어려우니 무인이라는 말도 맞는 것 같소만."

단비는 말문이 막혔다. 귀신의 말이 틀린 것도 없었기 때문이다. 단비가 머뭇거리는 틈을 타 현이 간절한 목소리로 다시 말했다.

"열심히 일할 테니 창고에서 기거하며 그림만 그리게 해 주시오. 오래 걸리지 않을 거라오. 금방 떠날 것이오."

다른 말은 들리지도 않았다. 단비는 귀에 꽂힌 말만을 곱씹었다. '열심히 일한다'라…… 알바가 생기는 것과 다름없지 않나?

"언제 떠나는데요?"

"백 일 후요. 이미 말했듯 그 안에 내가 죽게 된 사연을 기억해 내야 하오. 기억을 되살려 저 그림을 완성해야만 여한 없이 이승을 떠날 수 있다 하오."

단비는 생각에 잠겼다. 알바가 있으면 공부하는 시간을 쪼개지 않아도 된다. 지금이야 시험이 끝나서 괜찮지만, 곧 다시 기말 준비로 바빠질 텐데 그때도 문구점 일에 시간을 뺏긴다면 등급이 위험해질 수도 있다. 사람 구하기도 힘든데 산 사람이든 죽은 사람이든 알바가 생긴다는 건 좋은 거 아닌가. 더군다나 공짜로 일하겠다는데. 일단 급한 불을 끄고 새 알바를 구하거나 아빠가 돌아오면 그때 구실을 만들어 내쫓으면 되지 않나, 그런 생각도 들었다.

생각을 정리한 단비가 드디어 입을 열었다.

"영업시간은 7시부터 11시예요. 절대로 손님들 놀라게 하지 말고요. 오늘처럼 이렇게 매장 어지르면 안 돼요. 아까 말한 대로 잠은 창고에서. 할 수 있겠어요?"

"물론이오."

단비는 다이어리를 뜯어 무언가를 또박또박 적더니 현에게 내밀었다.

"서명하세요."

"이게 뭐요?"

"계약서예요. 알바 계약서. 나중에 그쪽이 딴말하면 안 되잖아요?"

"알바가 무엇이요? 혹 머슴을 말하는 것이오? 그럼 낭자가 내 주인이 되는 것이오?"

단비는 미간을 살짝 찌푸렸다. 도대체 어디부터 어디까지 가르쳐야 하는 걸까. 조선시대에 살았고 지금은 산 것도 죽은 것도 아니라고 했다. 사정이 급하긴 하지만 과연 잘하는 짓인지 의심스러워졌다.

"아뇨! 주인은 무슨. 지금 알바 못 구해서 누구라도 와주면 절이라도 할 판인데요. 알바란 대가를 받고 노동력을 제공해 주는 사람이에요."

현이 여전히 알쏭달쏭한 표정을 짓자 단비는 스마트폰을 꺼내 사전적 의미를 또박또박 읽어주었다.

"본업과는 별도로 수입을 얻기 위해 하는 일. 또는 본래의 직업이 아닌, 임시로 하는 일. 이제 됐죠?"

"아! 이제 알겠소. 내 어차피 오래 할 수는 없으니."

"이제 계약서 확인해요. 첫째, 백 일이 지나면 목적을 이루지 못했더라도 무조건 떠난다. 지박령 노노. 둘째, 그림 그리는 데 쓸 물품은 한 달에 십만 원어치 이상은 금지. 십만

원 넘게 쓰는 순간, 떠난다. 더하기 빼기는 할 줄 알죠? 셋째, 계약 사항을 이행하지 않을 시 즉시 문구점을 떠나 다시는 돌아오지 않는다. 두 장 모두 똑같은 내용이고 우리 둘 다 서명한 후 한 장씩 나눠 가지면 계약 성립이에요."

가만히 듣던 현이 고개를 갸우뚱했다. 이해가 가지 않는다는 표정이었다.

"나를 쫓아내지 못해 안달이구려. 내 보기엔 나의 위상에 걸맞지 않고 도리어 손해 보는 계약인 듯한데. 이래 봬도 내 생전에 도화서 화원으로 명망을 떨쳤다고 하더이다. 또한 십만 원이 얼만지 모르겠소만 많진 않을 것 같소."

"적지도 않을 거예요. 그리고 내가 그쪽 이름을 모르는 걸 보면 그리 유명하진 않았을 것 같네요. 미술 교과서에 실릴 정도라야 인정이죠."

현은 멋쩍은 미소를 짓더니 단비가 가리키는 곳에 이름을 적었다. 서명이 끝나자 단비는 현이 어지른 것을 순식간에 정리했다.

"그럼 이만. 저는 가볼게요."

"잠시만."

현이 단비의 어깨를 살짝 건드렸다.

"왜, 왜요?"

단비가 움찔하며 물었다.

"아직 어제 물음에 답을 듣지 못하였소. 내가 궁금한 건 참질 못하는 편이라."

"무슨?"

"초딩이 대체 무엇이오?"

한숨이 절로 나왔다. 단비가 인상을 찌푸리며 퉁명스럽게 쏘아붙였다.

"잘생겼단 뜻이에요. 됐어요?"

단비가 고개를 홱 돌리고서 문구점 문을 열었다. 밖으로 나가는데 갑자기 차양 아래에 한지로 만들어진 네모난 초롱이 저절로 생겨나더니 노란 불빛을 밝혔다. 초롱의 양면에는 한자로 '그림 화(畫)' 자가 쓰여 있었다. 저 귀신이 영역표시라도 하려는 걸까. 단비는 고개를 절레절레 흔들고 집으로 향했다.

집에 도착하니 자정이 넘었다. 단비는 아까 읽던 책을 마저 폈다. 하지만 집중이 되지 않아 자리에 누웠다. 시간이 지나도 속이 시끄러워 잠이 오지 않았다. 그저 왜 이런 일이 일어난 건지 누구에게라도 따지고 싶을 뿐이었다.

6
귀신 알바생

　다음 날은 토요일이었다. 단비는 아침을 먹고 문구점으로 갔다. 밤새 현이 문구점에서 또 난장을 부린 건 아닌지 살짝 걱정되어서였다.

　문구점에 도착하니 어제 현이 내건 초롱이 봄바람에 한들한들 흔들거리고 있었다. 단비가 지나가는 사람을 잡고 물었다.

　"저기요. 저기 한자 쓰여 있는 초롱 보이세요?"

　"네? 어디요? 아무것도 없는데요."

　"그쵸? 아무것도 없죠? 감사합니다."

　아무래도 초롱은 단비 눈에만 보이는 모양이었다. 그럼 현도 자신의 눈에만 보이는 건지 궁금해졌다. CCTV 화면에도 보이지 않았는데.

불안한 마음으로 문구점에 들어섰다. 다행히 오늘은 아무 이상이 없었다. 그런데 현이 없었다. 아직 자나 싶어 창고 문을 열었다가 단비는 뒤로 한발 물러나고 말았다.

창고 안은 새로운 세상으로 바뀌어 있었다. 마치 궁궐 같았다. 어제까지 분명 창고였던, 온갖 집기로 가득했던 좁은 공간이 궁궐의 침실을 뚝 떼어다 옮겨놓은 듯 널찍하고 격조 있는 곳으로 바뀌어 있었다. 질 좋은 한지가 발린 창을 통해 걸러진 따스하고 은은한 햇살이 방 안 가득 들어왔다. 고급스러운 가구와 도자기와 화초가 조화롭게 배치된 아름다운 방이었다. 그리고 현이 그 호화로운 방의 금침 위에서 대자로 뻗어 자고 있었다. 단비가 현을 흔들어 깨웠다.

"이봐요. 여긴 왜 이렇게 된 거예요? 여기 있던 물건은 다 어디 갔고요?"

현이 눈을 비비며 일어났다.

"아, 왔소? 당분간 예서 지내야 하니 잘 곳을 마련했다오. 한 번쯤 이런 방에서 살아보고 싶었던 것 같소. 내 폐는 끼치지 않을 것이오. 백 일 후엔 되돌려 놓으리다. 그리고 창고 안에 있던 물건은 모두 저 안으로 옮겨놓았다오."

현이 가리키는 벽에는 원래 창고 문이 달려 있었다. 단비는 더 이상 놀랄 것도 없다는 듯 고개를 저었다.

"귀신이 잠도 자요?"

"귀신 아니고 보류자라 했건만. 사자가 나를 백 일간 현신시켜 주었소."

"그게 귀신이지, 뭘."

"아니래도!"

"전에 보니까 CCTV에도 안 찍히던데요? 그런데 잠은 잔다니, 그것참 아이러니일세."

단비가 장난스레 비꼬듯 말했다. 전세가 역전된 듯해 묘하게 기분이 들떴지만 새어 나오려는 웃음을 애써 참았다.

현은 답답하다는 듯 한숨을 내쉬었다.

"보류자는 죽은 후에 생에 대한 판결을 받지 못한 자요. 물론 매우 드문 경우라 받아들이기 힘든 것은 이해하오. 굳이 따지면 인간과 영적 존재의 중간쯤이라 생각하면 될 것 같소. 나도 아직 내 상태에 적응이 되질 않았으니 너무 타박 마시오."

"뭐 그렇다 치고, 그럼 밥도 먹는다는 말인가요?"

"그렇소. 갑자기 밥 얘기하니 몹시 시장하구려. 조반은 드셨소? 나는 어디서 먹소?"

"먹다뇨? 뭘요?"

"그거야 낭자가 알아서 정하면 될 듯하오. 입맛이 까다로운 편은 아니니 걱정 마시고."

한마디로 아침밥을 달라는 말이었다. 단비가 눈살을 찌푸리며 양손을 허리에 얹었다.

"계약서에 숙식 제공이라는 말은 안 썼는데요."

"아, 미처 못 보지 못했나 보오. 나도 계약서에 한 줄 적어넣었소. 낭자가 세 줄 적었으니 나도 한 줄쯤은 적어도 될 듯하여."

단비가 황급히 계약서를 꺼냈다. 거기에는 한자로 네 글자가 적혀 있었다. 宿食 提供…… 숙식 제공?

"이걸 언제……. 난 못 봤다고요. 무효예요!"

"싫으면 지금 바로 셋째 조항을 이행하면 되겠구려."

셋째 조항은 계약 사항을 이행하지 않을 시에는 즉시 문구점을 떠나 다시는 돌아오지 않는다는 것이었다. 단비는 고민이 되었다. 당장 알바를 잃는 것은 곤란하니까.

"어찌하시겠소? 만난 지 얼마 되지 않아 아쉽지만, 낭자가 떠난다면 말리지는 않겠소."

단비는 순간 당황했다. 무슨 말인지 이해할 수 없었다. 자신이 왜 떠나야 하는지 몰라 현을 멍하니 볼 뿐이었다.

"누가 떠나는 건지는 적지 않았잖소. 계약 사항을 이행하지 않은 건 그쪽이니 셋째 조항에 따라 그쪽이 떠나야……."

"무슨 소리예요! 알겠어요, 알겠다고요. 밥 먹으러 가요!"

그제야 말뜻을 이해한 단비가 소리쳤다. 단비는 제대로 걸렸구나 싶었다.

할 수 없이 편의점으로 현을 데려갔다. 저절로 헛웃음이 나왔다. 살다 살다 귀신에게 밥을 사 먹이다니.

도시락과 컵라면을 고르고 계산을 하는데 현이 연신 사방을 두리번거렸다.

"현세 사람들은 이 많은 물건을 다 실제로 쓰는 것이오? 낭자네 점포에 가득한 물건만 봐도 어지러웠는데, 사람이 살아가는 데 뭐 이리 많은 물건이 필요하단 말이오? 사용법을 어찌 다 일일이 익히는지. 참으로 피곤한 삶을 자처하는구려."

단비는 도시락 포장을 뜯어 전자레인지에 돌리고 라면에 뜨거운 물을 부었다. 그리고 편의점 안쪽 구석에 있는 기다란 테이블로 가져갔다. 단비가 도시락과 컵라면을 현 쪽으로 놓아주었다.

"먹어요. 뜨거우니까 조심하고."

"신기하구랴. 국수 가락이 어찌 이리 구불거리오? 게다가 불을 지피지 않아도 음식이 익는다니, 거참."

현이 젓가락을 들고 고개를 갸웃하고는 면발을 몇 가닥 집어 호로록 빨아들였다. 맛을 본 현의 눈이 휘둥그레졌다. 그러더니 이내 젓가락으로 면발을 잔뜩 휘감아 입안 가득 욱여넣었다. 현은 국물 한 방울 남기지 않고 단숨에 그릇을 싹 비웠다.

"이야. 이렇게 맛난 국수는 태어나 처음 먹어보오."

"라면이에요. 라면 싫어하는 사람이 없긴 하지만 너무 많이 먹으면 몸에 좋지 않아요."

"어차피 버린 몸, 다시 죽을 때까지 이것만 먹고 싶소."

현은 입맛을 쩝쩝 다시다가 갑자기 숙연해지며 고개를 푹 숙였다.

"왜 그래요? 혹시 과거가 생각난 거예요? 과거가 생각나면 떠나는 거라고 했죠? 그럼 지금 바로 떠나나?"

"아니오. 이 맛있는 걸 앞으로 채 백 일도 못 먹는다 생각하니 너무 억울해서……."

단비가 한숨을 한번 푹 쉬었다. 이래서는 한을 풀기는커녕 더 쌓는 게 아닌지 걱정되었다.

"이쯤에서 서로 호칭 정리 좀 해요. 나이가 어떻게 돼요? 157년은 빼고 죽었을 때 나이요."

"기억이 나지 않소. 아마 낭자랑 비슷하지 않겠소?"

"무슨 소리예요? 나보다 몇 살은 더 들어 보이는데. 뭐, 그럼 서로 반말하든가. 현이라고 부르면 되니?"

"뭐, 그래라. 너는 단비지? 서명할 때 봤거든. 이름 한번
참 요상타."

단비는 현이 자길 놀리는 게 분명하다 생각했다. 대화를
하면 할수록 화만 쌓이는 게 매번 손해를 보는 것만 같았다.

잠자코 라면이나 먹으려는데 쨀랑거리며 편의점 문이 열
리는 소리가 들렸다.

"어머, 단비야. 여기서 뭐 해?"

하은이였다. 하필 하은이를 여기서 마주치다니. 현과 자
기를 오해하면 어쩌나 싶어 단비는 당황하며 아무 말이나
막 내뱉었다.

"어, 하은아. 아, 그게, 모르는 사람이야. 조금 이상한 사
람 같긴 한데……."

그런데 하은이는 단비의 말을 못 들은 것처럼 현을 보더
니 웃으며 손을 흔들었다.

"안녕, 현아."

"네가 이 귀신, 아니 현이를 어떻게 알아?"

단비가 깜짝 놀라 하은이에게 물었다.

"왜 몰라. 외국에서 온 네 친척이잖아. 나한테 소개까지
해줘 놓고."

단비가 벌린 입을 다물지 못하고 현을 바라보았다. 현은 도시락을 먹으며 그런 단비를 보고 씩 웃었다.

"내가 얠 너한테 소개해 줬다고?"

"그래. 왜 자꾸 같은 걸 물어."

하은이가 현을 자연스럽게 대하는 걸 보고 단비는 어안이 벙벙했다. 단비가 현에게 귓속말로 물었다.

"뭘 어떻게 한 거야."

그러자 현도 단비에게 귓속말로 답했다.

"아무 문제 없으면 된 거 아냐?"

자신의 존재에 대한 상대방의 기억이나 인식도 조종할 수 있는 것일까? 단비는 현의 능력이 어디까지인지 조금 소름이 끼치려고 했다.

"잘됐다. 안 그래도 전화하려고 했는데. 오늘 같이 놀자. 너 엊그제도 도망갔잖아."

하은이가 신이 난 표정으로 눈을 빛내며 말했다. 단비는 고개를 절레절레 흔들었다.

"공부할 거야. 중간 끝나면 바로 기말 준비해야 하는 거 몰라?"

"너 자꾸 찐친 외롭게 할 거야? 그리고 너무 달리기만 하면 지쳐. 오히려 효율성 떨어진다고. 현이도 오랜만에 한국

왔는데 구경하고 싶지 않겠어? 근데 현이는 외국에서 온 애가 의상이 참 한국적이다. 한국이 많이 그리웠나 봐."

하은이가 단비에게 열변을 토하다가 느닷없이 안쓰러운 눈으로 현을 보았다. 참으로 맥락 없는 감정 변화였다. 그러더니 잠깐 기다리라고 하고는 커피 세 병을 사 왔다.

"헤헤. 나 이 커피 진짜 좋아하는데 마침 투 플러스 원 행사 하네."

현이 유리병을 잘 열지 못하자 하은이가 대신 열어주었다. 현은 커피를 한 모금 마시고는 입맛을 다셨다.

"이 탕약은 무엇이냐? 달콤하면서도 끝맛이 쌉싸름한 것이 무척 맛있구나."

"현이는 커피도 한국 커피가 더 맛있나 봐. 원래 이 라테가 라면 먹고 먹으면 더 맛있어."

"라테? 라테라. 현세에는 맛난 것이 많기도 하구나. 계속 알려다오. 먹고 죽은 귀신이 때깔도 좋다는 말도 있느니."

"그래그래. 다 알려줄게."

현은 커피병을 거꾸로 들고 흔들어 마지막 방울까지 음미했고 하은이는 그런 현을 보며 흐뭇하게 웃었다. 단비는 그런 둘을 기가 찬다는 듯한 표정으로 보고만 있었다.

셋이 쓰레기를 정리하고 편의점을 나서려는 때였다. 편의점 안으로 환희가 헐레벌떡 뛰어 들어왔다. 하은이가 거친 숨을 몰아쉬는 환희에게 경이로운 눈빛을 보냈다.

"와, 너 진짜 빨리 왔다. 육상 국대인 줄."

"하, 네 톡, 보자마자, 하, 막, 뛰어왔어. 톡 줘서, 고마워."

환희가 이마에 송송 맺힌 땀을 소매로 닦으며 뿌듯한 미소를 지었다. 단비는 눈썹을 찌푸렸다.

"얜 또 뭐야. 여기 왜 왔어."

"내가 불렀어. 환희가 너랑 놀 때 알려달라고 했거든. 자기도 끼워달라고. 알려주는 대가로 고양이 참치 열 캔 사주기로 했어. 인간과 동물, 모두가 행복해지는 거래인 거지."

단비가 하은이를 타박할 새도 없이 환희가 현에게 손을 흔들며 인사했다.

"안녕, 현."

"왔느냐, 초딩."

"현아, 나 이제 고딩이야."

"허! 그것참. 너무나 초딩인데 참으로 겸손하구나."

둘의 대화를 들으며 단비는 손으로 이마를 짚었다. 초딩이 무슨 뜻이냐고 물었을 때 잘생겼다는 뜻이라고 아무렇게나 둘러댄 것을 이런 식으로 활용할 줄은 몰랐다. 앞으로 이 귀신 앞에서는 단단히 말조심해야겠다고 생각했다. 단비는 얼빠진 표정으로 환희를 보았다.

"설마 너도 나한테 현이 소개받았어? 외국에서 온 친척이
라고?"

"응. 너희 문구점에서 알바도 한다며. 워킹 홀리데이 같은
건가?"

그저 웃고만 있는 현이 단비는 기가 막혔다. 한마디 하려
는데 하은이가 단비를 잡아끌었다.

"좁은데 여기서 이러지 말고 나가자. 다 먹었는데 눈치 보
여. 우리 어디 갈까. 영화 보러 갈까? 홍대 갈까?"

그러자 현이 뒷짐을 진 채 말했다.

"홍대라는 곳에 가서 영화라는 것을 보면 되지 않겠느냐."

"현이 너 천재구나."

"벌써 눈치챘느냐? 생전에 그런 소리 자주 듣긴 했다."

현과 환희, 하은이가 들떠서 재잘대는데 단비는 모든 게
못마땅하기만 했다.

7
최강 동아리 레드크로스

"환희야, 오늘부터 과외 하나 더 하는 거 알지?"

지하 주차장에서 차 문을 열면서 환희 엄마가 한 말이었다. 걸어서 10분이면 갈 학교를 환희 엄마는 꼭 차로 데려다주고 데리러 왔다. 환희가 걸어가겠다고 여러 번 말했지만 소용없었다. 입시는 시간 싸움이라고, 24시간은 누구에게나 똑같으니 5분이라도 활용을 잘하는 사람이 이기는 게임이라고 더욱 강조할 뿐이었다. 환희는 엄마가 텀블러에 담아 온 한약을 마시며 대답했다.

"네. 알아요."

"엄마가 원래 대학생 과외는 못 믿어서 절대 안 하는데, 너 이번 중간고사 국어 망했잖아. 기말에 만회하려면 학원만으로는 불안해. 이번에 세진고 졸업하고 설대 인문대 간

형인데 국어를 3년 내내 1등급 받았대. 다른 건 몰라도 국어만은 독보적 1등. 엄마가 얼마나 힘들게 알아본 줄 알아? 그러니까 열심히 해. 알았지?"

"네."

"너는 꼭 의대 가야 해. 이왕이면 메이저 의대로. 왜 그래야 하는지 알지? 엄마는 정말 너밖에 없어."

"네."

환희 엄마는 일부 학부모들이 앓고 있다는 병에 걸린 상태였다. 일명 의대병. 환희 엄마는 그중에서도 증세가 좀 심한 편이었다. 그런 엄마가 부담스럽지 않을 리 없었지만, 환희는 엄마에게 짜증 한번 부리지 않았다.

언뜻 보면 순한 아들로 보일지 몰랐다. 그러나 자세히 보면 그것과는 조금 달랐다. 눈치 빠른 주변 사람들은 알아챘을 것이다. 환희는 다친 새끼 고양이를 돌보듯 살갑게 엄마를 돌보는 중이었다. 환희에게 엄마는 세상에서 가장 불쌍한 사람이니까.

환희 엄마가 무언가 생각났다는 듯 다시 입을 열었다.

"참, 단비 말이야. 중학교 때 부회장 했던 애. 걔가 이번 중간고사 너 바로 다음 등수라던데 진짜니? 중학교 때 잘한다고는 들었는데 고등학교 와서도 그럴 줄은 몰랐네."

"네. 단비 열심히 해요. 그런데 그런 얘기는 누구한테 들으셨어요?"

"전교권 애들 이름 아는 거야 일도 아니지. 우주 이모한테 들었어. 걔 우주랑 같은 반이라며? 애가 좀 악착같다던데. 우주가 좋은 느낌으로 얘기하진 않은 것 같아."

환희 엄마와 장우주 엄마는 중학교 동창이었다. 환희 엄마는 환희가 중학교 1학년 때 친정 동네로 이사 온 뒤 동창들을 다시 만나기 시작했고, 그중 우주 엄마와 가장 가깝게 지냈다. 환희와 우주는 서로 본체만체하는 사이였지만.

갑자기 시작된 환희 엄마의 질문이 빗발처럼 쏟아졌다.

"아, 좀 불안한데. 걔는 목표 대학이 어디니? 설마 나중에 수시에서 너랑 같은 데 쓰는 건 아니겠지? 걔 레드크로스에서는 어때? 얌체 짓 안 해? 그러고 보니 생긴 것도 좀 여우 같은 것 같아."

"단비 그런 애 아니에요."

환희가 표정을 미세하게 찡그렸다. 그러고서 실수한 사람처럼 입술을 물더니 이내 표정을 풀었다.

"진짜? 엄마 걱정 안 해도 되는 거야?"

"그럼요."

환희가 엄마를 안심시키고 차창 밖을 내다보았다.

환희는 중학교 때부터 소문난 모범생이었다. 한창 사춘기를 겪던 친구들이 등교하자마자 전날 엄마와 다툰 얘기를 앞다투어 늘어놓을 때도 환희는 그저 듣기만 했다. 성적이 우수한 데다 배려심까지 있어 선생님들의 칭찬도 자자했다. 환희 중학교 친구 엄마들은 티타임 때마다 환희 엄마에게 아들 잘 둬서 좋겠다며 부러워하곤 했다.

"언니, 저 어젯밤에도 애랑 한바탕했잖아요. 방문 걸어 잠그고 게임만 해대는데 참을 수가 있어야죠. 도대체 언제 사람 되죠? 언젠가는 사람이 되긴 하는 거예요? 쑥이랑 마늘만 먹여볼까?"

"그러면 당장 112에 신고할걸? 우리 도환이도 나만 보면 도끼눈이야."

"우리 집만 할까. 나는 집 내놓을까 생각 중이야. 하도 싸워서 윗집, 아랫집, 옆집 창피해서 살 수가 없어."

"어머, 나돈데. 그나저나 환희 엄마는 좋겠다. 환희는 사춘기도 없죠?"

그러면 환희 엄마는 수줍게 웃으며 대답했다.

"아유, 없긴요. 우리 환희도 예전 같지 않아요. 어제는 그만 자래도 책 더 보고 잔다고 고집부려서 제가 언성을 높였다니까요. 전엔 안 그랬는데 말이에요. 근데 사춘기는 겪을 때 겪어야지 나중에 시작되면 더 힘들다면서요. 저는 고등학교 때 사춘기 올까 봐 그게 더 걱정이에요."

겸손을 가장한 환희 엄마의 자랑에 빈정이 조금 상했지만, 다들 티 내지 않으려 애썼다.

"그게 고집이에요? 우리 아들 보면 아주 기절하겠네. 착한데다가 잘생겼어, 키도 커, 공부도 잘해. 환희 엄마가 전생에 나라를 구했나 봐. 환희도 아빠처럼 의사 되겠대요?"

"우리 부부는 그런 거 없어요. 본인이 하고 싶은 거 하라고 했어요."

"에이. 우리끼리는 솔직해지자. 아빠는 지방에서 병원 하고 환희랑 환희 엄마만 이 동네 살면서 몇 년째 주말도 아니고 월말 부부로 지내면서 의대 욕심이 없다고요?"

"정말이에요. 요즘은 지방에서 지역인재전형으로 의대 가는 게 더 유리한데 뭐 하러 굳이 내신 따기 힘든 이 동네에 왔겠어요. 친정아버지가 편찮으셔서 돌봐드리려고 온 거예요. 환희 아빠가 고생이죠, 뭐."

환희 엄마는 대외적으로 지인들에게 집안 사정을 이렇게 얘기하곤 했다. 그리고 그건 반은 맞고 반은 틀린 이야기였다. 환희 부모님은 월말 부부가 아니라 이혼한 부부였다.

환희가 6학년 때였다. 아빠가 떠난 집에서 엄마는 몇 달

동안 누워만 있었다. 아빠에게 다른 사람이 생겼다고 했다. 심지어 같은 병원에서 근무하는 직원이라고 했다.

환희 엄마는 가난한 레지던트였던 아빠를 만나 외할머니의 반대를 무릅쓰고 결혼했다. 환희 아빠는 전문의 면허를 딴 뒤 고향에 내려가 개업했고, 가장 성공한 자식답게 부모님이 돌아가실 때까지 함께 살았다. 낯선 지방으로 가게 된 것도 모자라 신혼도 누리지 못했는데 그 희생의 대가가 이런 것일 줄 몰랐다며 환희 엄마는 울었다. 울고 또 울었다. 환희가 기억하는 그 시절의 엄마는 눈물뿐이었다.

환희는 상처받은 엄마가 너무나 가여웠다. 그래서 참아야 할 게 많았다. 엄마를 기쁘게 할 사람은 자신밖에 없다고 생각했으니까. 반년 넘게 누워만 있던 엄마가 다시 조금씩 바깥출입을 시작했을 때는 얼마나 기뻤는지 모른다.

중학교 1학년 어느 날, 엄마가 말했다.

"환희야, 우리 외할머니네 아파트로 이사 가자. 할머니네 옆 동에 집이 나왔대."

"그럼 서울로 전학 가야 해요?"

"그래. 너 정도면 거기 가서도 잘할 수 있어. 가서 아빠보다 더 좋은 의대에 들어가는 거야. 보란 듯이, 꼭! 그러면 엄마 인생이 헛되지만은 않을 것 같아."

왜 그래야 하는지는 중요치 않았다. 무슨 이유에서든 엄마가 더는 울지 않는다는 것이 중요했다.

"엄마는 너밖에 없는 거 알지?"

엄마는 자주 이렇게 말하곤 했다. 그 말을 할 때 엄마의 눈은 늘 촉촉하게 젖어 있었고 환희는 차마 싫다고 말할 수가 없었다.

덜컹하고 급하게 차가 멈추는 바람에 환희가 옛 기억에서 깨어났다. 어느덧 세진고 정문 앞이었다. 환희는 차에서 내리기 전에 가방에서 카드와 작은 상자를 꺼내 조수석에 놓았다.

"엄마, 어버이날 축하해요."

"어머. 오늘이 어버이날이야? 외할머니랑 같이 외할아버지 요양원 다녀와야겠다. 고마워, 아들 아니었으면 또 깜빡하고 한 소리 들을 뻔했네. 그런데 엄마는 이런 선물보다 기말 때 올 1등급 성적표 보고 싶어. 할 수 있지?"

환희는 엄마를 향해 슬쩍 웃어주고 차에서 내렸다.

이틀 후 목요일 점심시간에 부원들이 동아리실에 모였다. 레드크로스 부장의 호출 때문이었다.

입학 후 동아리 모집 기간에 단비는 두 개의 동아리에 들었다. 좀 버겁긴 했지만, 꼭 수시로 의대에 가고 싶었기에 하나만으로는 좀 불안하단 생각에서였다.

먼저 필수인 정규 동아리는 고민 끝에 교내 영어신문 동아리에 들었다. 의대에 지원하려면 수학이나 과학 관련 동아리에 드는 게 좋다고 들었다. 그러나 2학년과 3학년 때 본격적으로 화학이나 생명과학 실험 동아리에 들 계획이었고, 수학은 교내 수학경시대회에서 상을 탈 자신이 있었다. 이제는 수상 기록이 대입에 반영되지 않지만, 상을 타면 세특*에 돌려서 적어준다는 말을 학원 선생님에게 들었다. 원서로 수업하는 의대는 영어 실력이 뛰어난 학생을 선호한다는데 영어신문을 만든다는 건 영어 실력이 뛰어나다는 뜻이니까 1학년 때는 영어 관련 동아리에 드는 것도 좋은 선택이라 생각했다.

단비가 추가로 가입한 자율 동아리가 1학년과 2학년이 함께 활동하는 레드크로스였다.

레드크로스는 인기 동아리인 만큼 면접 통과가 어려웠다.

• 고등학교 생활기록부에 쓰이는 '세부 능력'과 '특기 사항'의 줄임말. 교과 선생님이 수업 시간에 관찰한 학생의 모습, 학습 태도, 학습 능력 등 학생의 교과목 성적 외의 사항을 적은 기록을 뜻한다.

면접에 대한 이상한 소문이 떠돌 정도였다. 면접은 형식일 뿐, 사실상 입학 전에 멤버가 거의 정해져 있다는 것이었다. 부원들은 사실무근이라고 주장했지만 레드크로스에 가입하려면 어려운 문제를 마구잡이로 던지는 고난도 면접을 통과하거나, 아이돌보다 춤을 더 잘 추거나, 그도 아니면 부원의 동생이어야 한다는 말까지 있었다. 물론 마지막은 농담이었지만 그 정도로 들기 까다로운 동아리에 단비가 들어간 것이다.

동아리 부장 선배가 모두를 주목시켰다.

"빨리 얘기할게. 한 달 넘게 남았으니까 아직 시간이 있긴 한데 기말 2주 전까지 실험 보고서 제출해야 하는 거 알지? 그거 보고 선생님이 세특 적어주실 거야. 1, 2학년 섞어서 다섯 명씩 다섯 조로 나눴어. 주제는 조원들끼리 알아서 정하고. 참! 이번 주말 요양병원 지각하지 마라. 어렵게 섭외한 곳인데 지각하면 내가 얼마나 민망한지 알아? 가뜩이나 고등학생들 와봤자 도움도 안 되고 걸리적거리기만 한다고 좋아하지도 않는데. 1분이라도 늦으면 봉사 시간 안 줄 거야. 그럼 이제 조원끼리 모여."

실험 보고서는 봉사와 더불어 레드크로스의 가장 중요한 활동이었다. 단비는 2학년 선배 두 명과 장우주, 그리고 다른 반의 잘 모르는 1학년 아이와 함께 같은 조가 되었다. 누군가의 시선이 느껴져 고개를 돌리니 환희가 아쉬운 표정으로 바라보고 있었다.

어렵고 서먹한 조모임 중간에 단비가 장우주를 흘끗 보았다. 자꾸만 신경 쓰여서였다. 장우주는 같은 중학교를 나오긴 했어도 같은 반이 된 적이 없어 거의 모르는 사이에 가까웠다. 고등학교에 와서 같은 반이 되었지만 말해본 적도 몇 번 없었다. 그런데 요즘 들어 자꾸만 엮이는 일이 잦아졌다. 그리고 그때마다 단비는 왠지 싸한 기분을 느꼈다.

같은 반이 된 거야 그럴 수 있다. 하지만 장우주가 레드크로스에 들어올 줄은 몰랐다. 동아리 첫 모임 날, 의대나 생명공학과에 가려는 아이들 틈에 미대 지망생 장우주가 껴 있는 건 살짝 의아했다. 의아한 점은 그뿐만이 아니었다.

단비는 며칠 전 통합사회 시간에 있었던 이상한 일을 떠올렸다.

이번 통합사회 수행평가는 조별 주제 탐구 발표였다. 주제는 '자신이 거주하는 지역의 사례로 공간 변화가 초래한 양상과 문제점 파악 및 해결방안 제안하기'. 조는 선생님이 미리 짜 와서 알려주었다. 네 명이 한 조였고 단비가 조장을 맡았다. 그때만 해도 단비와 우주는 같은 조가 아니었다.

단비가 조원들에게 물었다.

"우리 역할부터 나누자. 지역 사례 조사와 문제점 파악 두 명, 해결방안 한 명, 보고서랑 PPT 만들어서 발표하는 거 한 명, 이렇게 하면 될 거 같은데 어때?"

"난 사례 조사하면 안 될까? 왠지 그게 제일 쉬울 듯."

"난 발표만 아니면 돼."

조원들이 의견을 조율하여 역할을 정했다.

"그럼 의논한 대로 사례 조사와 문제점 파악은 경빈이랑 동호가 해주고 해결방안은 석진이 그리고 종합해서 보고서 랑 PPT 만들고 발표하는 건 내가 할게. 보고서랑 PPT에 각 자 역할과 활동한 거 적어서 제출할 거고, 보고서 하다가 부 족한 거 보이면 내가 보충할게. 정리하고 만들 시간 필요하 니까 2주 후 금요일까지 나한테 보내줘. 3주 후 목요일이 발 표니까 주말에 만들어두어야 할 것 같아. 평일엔 바쁘니까."

"좋아!"

분명 그렇게 정리했는데, 그날 5교시 쉬는 시간에 장우주 가 단비에게 다가왔다.

"석진이랑 나랑 통사 조 바꾸기로 했어. 내가 해결방안 맡 을게."

"조를 바꿨다고? 왜? 선생님께는 말씀드렸어?"

"당연히 말씀드렸지. 개인적인 거라 말하긴 좀 그래. 석진이한테 자세한 얘기 다 들었어. 정해진 날에 메일 보낼게."

우주는 딱딱한 얼굴로 자기 할 말만 끝내고 자리로 돌아갔다.

생각해 보면 선생님을 찾아가면서까지 조를 바꾸는 건 좀 이상한 일이었다. 뒤돌아 걸어가는 우주의 등에서 싸늘한 기운이 뿜어져 나온 것 같기도 했다.

"표단비!"

단비는 자기를 부르는 목소리에 정신이 번쩍 들었다. 선배가 미간을 살짝 찌푸리고 단비를 바라보고 있었다.

"네?"

"무슨 생각을 그렇게 해. 다음 주 금요일 수업 끝나고 시간 되냐고."

"네. 되어요."

"그날 생명과학실 이용한다고 선생님께 말씀드려 놓을 테니까 종례 마치면 바로 거기로 와. 점심시간 끝나간다. 그럼 다들 19일 금요일 방과 후에 봐."

단비는 계속 찜찜한 기분이 들었다. 그러나 최근 문구점에서 일어난 이상한 일 때문이려니 하고 털어버리려 애쓰며 교실로 돌아갔다. 이 정도는 귀신의 등장에 비하면 아무것도 아니니까.

8
떠오르지 않는 기억

현이 문구점에서 일한 지 어느덧 2주가 되었다.

학교를 마치고 문구점에 간 단비는 잠시 밖에 서서 안을 들여다보았다. 통유리 벽 안으로 보이는 오후의 문구점은 기분 좋게 분주했다. 이러다 금세 부자가 되는 거 아닐까 싶을 정도였다.

현은 문구점 일을 즐기는 듯했다. 손님들에게 말도 잘 걸었고, 특히 어린아이들에게 친절했다. 게다가 시키지도 않았는데 손님들에게 캐리커처를 그려주어서 소문을 듣고 찾아오는 손님이 부쩍 늘었다. 현의 캐리커처 솜씨는 빠르고 기가 막혔다.

현은 깔끔하기도 했다. 로봇청소기를 쓰지 않고 바닥을 직접 쓸고 닦아서 매장은 언제나 반짝반짝 윤이 났다. 깨끗

한 매장을 보고 있자니 기분이 좋아졌다. 도저히 트집을 잡으려야 잡을 수 없는 알바였다.

종일 알바가 있으니 당연히 단비도 편했다. 현이 일을 금방 배운 데다가 잘했기 때문에 단비는 마감 후에 재고를 확인하고 정산만 하면 되었다. 마감하면서 현의 하루를 들어보면 가끔 발생하는 돌발 상황도 의외의 기지를 발휘해 해결하기도 했다.

문구점 안으로 들어서려는데 전화가 울렸다. 아빠였다.

— 단비야, 오늘 별일 없었어?

"어. 별일 없지."

— 그래. 우리 딸은 야무지니까. 그런데 참 이상해. 한 열흘 전부터 매출이 확 늘었어. 처음에는 관리 앱 오류인 줄 알았다니까. 이럴 수가 있나?

단비는 순간 뜨끔했다. 하지만 아빠에게 설명할 방법은 없었다. '아빠, 우리 문구점에 그림도 잘 그리고 아이돌처럼 잘생긴 알바 귀신이 상주해서 그런지 고객이 확 늘었어. 그래도 진짜 사람은 아니니까 무인 문구점인 건 맞아. 알바 귀신이 살아있을 때 도화서 화원이었다니까 이제 문구점 이름을 '화원귀 문구'로 바꿀까? 하하하…….'라고 할 수는 없지 않은가.

단비가 차마 대답을 못 하고 머뭇거리는데 아빠가 이어서
물었다.

— 그리고 이상한 게 또 있어.

"뭐가 또."

— 요즘 왜 그렇게 편의점에 자주 가? 하루에 최소 다섯
번은 가던데? 원래 잘 안 갔잖아.

단비는 아차 싶었다. 신용카드를 쓰면 아빠에게 사용 내
역이 문자로 간다는 걸 깜빡한 것이다. 아빠가 출장을 떠나
며 여분으로 주고 간 신용카드를 현에게 맡겼고 현은 그 카
드로 아침, 점심과 두 번의 간식, 그리고 저녁을 편의점에서
해결했다. 단비는 급한 대로 대충 둘러댔다.

"고등학교 가서 새 친구들 사귀어서 그래."

— 와! 그래? 잘됐네.

전화기 너머로 아빠가 어떤 표정을 짓는지 보이는 것 같
았다.

아빠는 단비의 친구 관계를 걱정해 왔다. 중학교 2학년
이후로 단비의 진짜 친구는 하은이뿐이었기 때문이다. 단비
가 다가오는 누군가를 은근슬쩍 밀어내고, 학교 활동에 필
요한 관계만 맺는다는 걸 아빠는 모르지 않았다. 그리고 왜
그렇게 사람들에게 곁을 내주지 않는지도 알고 있었다. 엄

마가 아프기 전에는 그러지 않았으니까.

단비가 전화를 끊고 문구점으로 들어갔다. 그리고 현을 향해 손을 번쩍 들었다.

"열일하고 있나, 알바생?"

"나 라면 먹고 싶어. 같이 가자."

"또?"

현이 말없이 품에서 주섬주섬 계약서를 꺼내더니 단비 눈앞에 들이밀었다. 단비는 헛웃음을 터트리고 현과 함께 편의점에 갔다.

단비가 짜장라면을 먹는 현을 바라보았다. 현은 입가에 검은 소스를 묻힌 채 눈을 지그시 감고 맛을 음미하고 있었다. 요 며칠 현이 꽂힌 라면이다. 현은 편의점의 세계를 영접한 후 다양한 라면을 미친 듯 맛보더니 3일 전부터는 끼니마다 짜장라면을 하나씩 꼭 먹었다. 그 외에도 탄산음료, 커피, 구운 계란, 아이스크림, 핫바, 심지어 닭발까지 온갖 편의점 음식을 섭렵하는 중이었다. 저렇게 인스턴트 음식만 먹어도 괜찮나 싶을 정도였지만 산 사람도 아니고 '보류자'라는데 무슨 상관인가 싶어 내버려 두었다. 더구나 길어야 백 일밖에 못 머문다는데.

현이 먹은 자리를 말끔하게 치우더니 흡족한 표정으로 말했다.

"오늘은 수학 학원 가는 날이지? 공부 열심히 하고. 난 일하러 간다."

그새 현세에 빠르게 적응한 것은 물론 말투까지 완벽하게 바뀌었다. 참 적응이 빠른 보류자다.

"우리 집이 문구점이 아니라 편의점을 했으면 네가 참 행복했을 텐데."

"그렇지 않아도 그 생각 자주 해."

"뽑기나 채워놓으셔. 알바생."

학원으로 가면서 단비는 현에 대해 생각했다.

늘 밝게 행동했지만, 종종 현의 표정은 문득 어둡게 변하곤 했다. 그리고 단비는 그 이유를 알고 있었다.

한번은 현이 보이지 않아 창고 문을 열었더니 현이 벽에 머리를 쿵쿵 찧고 있었다. 단비가 놀라서 달려가 말렸다. 잠시 후 왜 그랬냐고 묻자, 현은 두렵다고 했다.

어떻게 해야 기억이 돌아오는지조차 모르는 자신이, 기억을 떠올리지 못하면 원귀가 될 자신이, 그리고 너무나 빨리 흐르는 시간이 두렵다고 했다. 기억을 되살려보려 애를 썼지만, 깨어난 첫날 단비에게 말한 것 외에는 어떤 기억도 떠오르지 않는다며 괴로워했다.

단비는 현의 심정을 조금은 알 것 같았다. 자신에 대한 기억이 없다는 건 자기 자신을 잃어버린 기분이 아닐까, 인생이 사라진 것과 마찬가지 아닐까 짐작했다.

열흘 전인가, 현을 만난 지 얼마 되지 않은 날이었다. 단비는 인터넷에서 현에 대해 검색해 보았다. 기록이 현이 기억을 떠올리는 데 도움이 되지 않을까 싶어서였다. 현은 자신이 이름난 화원이었다고 했다. 그렇다면 분명 기록이 남아 있을 터였다.

허현이라고 검색해 보니 연예인, 변호사, 영화감독 등 여러 사람의 정보가 나타났다. 당연히 모두 지금 살아있는 사람들이었다. 단비는 화면 위쪽의 지식백과로 들어갔다. 곧현에 대한 짧은 기록을 찾을 수 있었다.

허현[許賢]

시대: 조선 후기(19세기)

분야: 일반회화, 인물화, 기록화

직업: 도화서 화원

조선 후기에 활동한 화원이다. 호는 말로 돌아간다는 뜻의 귀마(歸馬). 말을 사랑하고 사계절의 풍치를 완상하는 생활을 즐겼다. 주요 화원 가문인 양주 허씨 집안의 장손으로 도화서 화원이었다. 또한, 집안 소유 사화서에서 그린 작품들로 장안에 화제를 불러일으킨 촉망받는 화원이었으나 21세 이후로 행적이 묘연하다. 사망했다는 설이 유력하다. 무슨 이유인지 가문에서 기록을 대부분 지워 자세한 행적이 알려지지 않은 인물이다. 그의 실종은 당시 도화서에서 큰 사건이었고 스스로 흉기로 손을 내리쳤다거나 눈을 찔렀다는 설도 전해지나 사실 여부는 명확하지 않다. 남긴 작품이 대부분 걸작으로 인정받고 있다. 요절한 천재 화원의 유작이라는 점 때문에 값이 천정부지로 치솟기도 했다. 그러나 그의 작품은 아직 진위 논란이 끝나지 않았다. 일부 작품은 마치 다른 사람이 그린 것처럼 화풍이 매우 다르기 때문이다. 그런 이유로 산수화, 인물화, 화조도 등은 아직 연구가 계속되는 중이며 전시되지 못하고 있다. 인화미술관에 도화서 화원 시절에 그린 기록화가 여러 점 전시되어 있다.

[미술지식백과] 허현[許賢] (조선의 화가들, 2012. 12. 14.)

도화서 화원이란 말도, 억울한 죽임을 당했다는 말도, 모두 사실인 듯했다. 그런데 저런 끔찍한 일이라니, 어떤 복잡한 사정이 있었던 걸까.

단비는 우선 기록을 현에게 말하지 않기로 했다. 불행해 보이는 기록에 현이 충격을 받을까 걱정되어서였다. 대신 인화미술관 홈페이지에 들어가 현의 기록화를 찾아 보여주었다.

그러나 현은 말없이 고개만 가로저었다. 아무런 기억이 떠오르지 않은 것이다.

세상일은 참 알 수 없다. 아빠가 갑자기 무인 문구점을 차렸고, 장기 출장을 떠나게 되었고, 이제 그 자리를 귀신, 아니 보류자가 메우고 있다. 이 모든 일이 불과 한 달 반 만에 일어난 일이다. 그리고 오늘 단비는 현을 만난 후 세 번째로 놀라운 일을 목도했다.

마감 시간이 지난 늦은 밤, 단비는 문구점에 갔다. 문구점은 언제나처럼 말끔했다. 몇 가지 상품의 재고가 관리 앱의 숫자와 일치하는지 확인하고 발주 목록을 다시 살폈다.

현은 단비가 올 때쯤이면 대개 매장에서 기다렸다. 그런 현이 보이지 않아 단비는 창고 문을 노크했다.

"들어와."

단비가 문을 열고 들어갔다. 현은 초등학생용 스케치북에 그림을 그리고 있었다.

으리으리한 방에서 낮은 책상에 앉아 양반다리를 한 채 사뭇 진지한 표정으로 그림을 그리는 잘생긴 보류자의 모습이라니. 볼 때마다 참 생경한 장면이었다. 아무리 보아도 익숙해지지 않을 것 같았다.

"뭐 하고 있어?"

단비의 물음에 현이 고개도 들지 않고 대답했다.

"이 펜은 세밀한 부분까지 표현할 수 있어서 좋다. 생전에는 붓으로만 그렸던 것 같은데 현세에는 그림 도구가 참 다양하구나."

현이 쓰고 있는 펜은 '주시업 0.3mm'였다. 국산 젤 잉크 펜으로 필기감이 좋아 단비가 좋아하는 펜이다. 주시업은 노크식이라 똑딱 눌러 사용하므로 뚜껑을 잃어버릴 염려가 없고 심이 얇은데도 안정감이 좋다. 0.3mm, 0.4mm, 0.5mm의 세 가지 구성에 색상은 열 가지다. 얇은 심을 선호하는 단비는 0.3mm를 쓰는데 필기한 뒤 형광펜을 사용하면 필기가 번지는 것이 이 펜의 유일한 단점이었다. 그래서 주시업을 쓸 때는 좀 번거로워도 형광펜을 미리 그어놓고 그 위에 필기하거나, 번지지 않는 색연필형 하이라이터를 사용했다.

단비는 현이 알바를 시작할 때 문구점에서 파는 문구에 대해 두루 알려줬다. 그때 주시업을 최애 펜 중 하나라고 소개했더니 현은 열 가지 색이 모두 들어 있는 세트를 골랐다. 공부할 것도 아니면서 왜 하필 펜을, 그것도 세트로 골랐나 했더니 세밀화를 그리려고 했나 보다.

무엇을 그리나 궁금해진 단비가 가까이 다가갔다. 현의 그림은 보고도 믿어지지 않을 정도였다.

"이거 정말 네가 그린 거야?"

"응. 너무 맛있어서 자꾸 생각나."

현이 그린 것은 짜장라면이었다. 그림은 마치 편의점 진열대에서 짜장라면을 가져다 스케치북 위에 그대로 올려놓은 것처럼 보였다. 라면 용기를 팽팽하게 감싼 투명한 비닐의 질감조차 진짜 같았다.

그림 솜씨도 솜씨였지만 더 놀라운 것은 따로 있었다. 원료명, 조리 방법, 영양 정보, 품목보고번호, 제조원, 고객상담실 전화번호, 주의 사항 등 라면에 적힌 모든 글자가 글씨체마저 똑같이 적혀 있었다. 마치 사진을 찍은 것처럼. 눈앞에 라면을 놓고 그린다 해도 이렇게 정확하게 그릴 수는 없을 것 같았다.

"보지 않고 이 글자를 다 적었다고?"

"응."

단비는 벌린 입을 다물지 못했다.

"설마 이걸 다 기억하는 거야?"

"응. 한번 본 건 모두 다 기억하는데?"

"귀신들은 다 그래?"

단비의 질문에 현은 미간을 살짝 찌푸렸다.

"너 학습 능력 진짜 떨어진다. 귀신 아니라니까. 어렴풋하긴 한데 아마 살아있을 때도 그랬던 것 같아."

포토그래픽 메모리. 현의 세 번째 능력이었다.

보고 듣고 느낀 것을 마치 사진을 찍듯 기억할 수 있는 능력을 가진 사람들이 있다는 말을 들은 적이 있다. 단비는 당장 라면을 가져다가 한 글자씩 모두 대조해 보고 싶었다.

다른 그림이 궁금해진 단비가 스케치북을 앞장으로 넘겼다. 사람들 얼굴이 빼곡히 그려져 있었다. 손님들에게 선물로 그려준 캐리커처가 아니었다. 하나하나가 모두 제대로 된 초상화였다.

"이건 뭐야?"

"어제 온 손님들. 심심해서 그려봤어."

사람들의 얼굴도 한 번 보면 모두 기억하는 듯했다. 기가 막힌 솜씨였다.

스케치북을 넘겨 보던 단비가 문득 손길을 멈췄다. 그리고 다시 바쁘게 손을 움직여 몇 장을 넘긴 뒤 한 그림을 유심히 살폈다. 아는 얼굴이 보여서였다.

그 얼굴은 계속 나타났다. 그저께 그림에도, 그 전날 그림에도 있었다. 일주일간 계속 등장하는 그 애는 장우주였다. 장우주가 틀림없었다. 단비가 그림을 손가락으로 가리키며 물었다.

"얘 매일 왔어?"

"응. 일주일 전부터 매일 왔지."

"몇 시쯤?"

"대개 4시 25분."

특별한 일이 없는 한 학교를 마치고 곧바로 문구점에 오면 대략 4시 15분쯤이다. 단비는 그때 잠깐 문구점에 들렀다가 10분도 머물지 않고 학원으로 가거나 독서실에 가곤 했다. 4시 25분이라면 단비가 문구점에서 나가자마자 들어왔다는 말이 된다.

장우주는 학생이고 학생이 문구점에 가는 건 이상한 일이 아니다. 하지만 매일 같은 시간에 그것도 단비가 떠나자마자 들르는 건 조금 이상했다.

"너 혹시 이런 것도 기억해? 얘가 뭐 사 갔는지."

현이 기계처럼 그동안 장우주가 사 간 것들을 읊었다. 목록을 들은 단비는 소름이 끼치려 했다. 그것들은 모두 지금 단비가 쓰고 있는 문구류였다.

"아는 친구야?"

표정이 잔뜩 굳은 단비에게 현이 물었다.

"친구는 아니고 아는 애야. 우리 반."

"이름이 뭐야?"

"장우주. 이름은 왜?"

현은 대답하지 않았다. 다만 문구점 곳곳에 강한 원념을 남긴 이의 이름이 궁금했을 뿐이었다.

우주가 문구점에 매일같이 들러 물건들을 만지고 만진 지 며칠이 지난 어느 날이었다. 물건을 정리하던 현은 어지러움과 함께 찰나의 기억을 떠올렸다. 기억 속에 등장하는 이가 자신인지, 다른 이인지도 알아볼 수 없을 정도의 짧은 순간이었다.

현이 스케치북의 맨 마지막 장을 펴서 그때 기억을 그린 그림을 다시 바라보았다.

두 남자가 마주 보고 서 있었다. 둘 중 한 남자의 오른손에서 피가 뚝뚝 흘렀고, 그가 낫을 쥔 왼손으로 자신의 눈을 스스로 찌르고 있었다. 너무나 끔찍한 장면이었다. 기억이 떠오를 때 들었던 처절한 비명이 다시 그림에서 터져 나오는 것 같았다.

이 사내가 나일까? 아니라면 누구일까. 도대체 그 옛날 무슨 일이 있었던 것일까. 현은 자신의 과거가 두려워졌다.

9
첫 번째 기억

주말이라고 한가한 건 아니지만 그래도 주말은 왠지 들
뜨게 마련이다. 더구나 아름다운 5월이었다. 그러나 단비는
기분이 계속 가라앉았다. 장우주가 문구점에 매일같이 다녀
갔다는 말을 들은 후 찜찜한 기분이 가시지 않아서였다. 그
런 토요일 아침에 하은이에게 전화가 왔다.

— 표단비, 오늘 뭐 해?

"뭐 하긴. 학원 갔다 와서 집에 있을 거지."

— 오후엔 별일 없지? 우리 오늘 간만에 놀이동산 갈까?

"됐네요. 사람 바글바글할 텐데."

— 있잖아. 그거 알아? 너 진짜 노잼이야.

하은이가 전화를 뚝 끊었다. 좀 삐진 듯했다.

생각해 보면 그동안 하은이가 놀러 가자고 한 걸 벌써 몇

번이나 거절했다. 단비는 조금 미안한 마음이 들었다. 그래도 도저히 놀러 갈 기분은 아니었기에 단비는 전화기를 내려놓았다.

예정대로 시간을 보냈다. 간단하게 아침을 차려 먹고 학원에 가 수업을 들었다. 학원을 마치고 핸드폰을 확인하니 외할머니에게 톡이 와 있었다. 반찬을 만들어 냉장고에 넣어놨고 점심도 차려놨다는 내용이었다. 단비는 할머니에게 감사하다고 톡을 보냈다.

집에 가서 점심을 먹으려던 단비가 문구점으로 발길을 돌렸다. 문구점이 학원에서 멀지 않아 잠깐 둘러보고 집에 갈 생각이었다.

현이 어깨를 축 늘어뜨린 채 의자에 앉아 있었다. 단비도 그만큼이나 처진 목소리로 인사했다.

"알바생, 점심 먹었어?"

"응. 짜장라면이랑 핫바 먹었지."

"지겹지도 않냐."

"너 아직 점심 안 먹었구나. 목소리에서 배고픈 자의 짜증이 묻어나네. 아니면 장우주라는 애 때문이야?"

현은 가끔 필요 이상으로 예리했다.

"알바생 기분도 그닥 좋진 않아 보이네. 무슨 일 있어?"

순간 현의 얼굴에 진한 그늘이 졌다.

"아까 기억이 조금 돌아왔어."

놀란 단비가 다급하게 물었다.

"정말? 뭐가 생각났어? 어떻게 해야 돌아오는 거야?"

"아직 정확히 모르겠어. 이번이 두 번째인데 두 번 다 문구점 상품들 정리하다 갑자기 떠올랐어. 비록 둘 다 흐릿하지만."

"표정 보니까 별로 좋은 기억은 아니었구나."

"기억이 떠오를 때마다 누군가에게 쫓기는 것처럼 불안하고 가슴이 답답했어. 도대체 나에게 무슨 일이 있었던 건지……."

현이 고개를 떨구었다. 그런 현을 잠자코 보던 단비가 목소리 톤을 높이며 말했다.

"안 되겠다. 너나 나나 오늘은 밖으로 나가야 하는 날인가 보다."

단비가 곧바로 하은이에게 전화했다. 놀이동산에 가자고 하니 스피커폰으로 해둔 것처럼 하은이의 비명이 전화 밖으로 튀어나왔다.

하은이가 준비할 동안 단비는 편의점에서 간단하게 점심을 먹고, 현은 옆에서 아이스크림을 먹었다. 둘이 지하철역에 도착하고 얼마 지나지 않아 하은이가 숨을 헐떡이며 달려왔다.

"현아, 반가워."

"응, 잘 지냈어?"

"진짜 신난다, 신나. 환희도 가면 좋은데 못 나온대. 보나마나 엄마 때문이겠지. 이따 봐서 올 수 있으면 온다고 하는데 아마 못 올걸. 아주 아쉬워 죽던데."

"됐어. 셋이 가면 되지."

지하철을 타고 가면서 단비는 앱으로 표를 예매했다. 하은이는 신난 기색으로 SNS를 들여다보며 가서 무얼 하고 놀지 궁리했다.

그사이 사람들이 현을 흘끔거렸다. 독특한 옷차림 때문인 듯싶었다. 하은이와 현은 아무렇지 않은 표정이었다.

"야, 다른 옷 입으면 안 돼? 내가 사줘?"

단비가 현에게 작은 소리로 말했다.

"이 옷이 어디가 어때서?"

"같이 다니긴 좀 부끄럽지. 사람들도 쳐다보잖아."

단비의 말에 현이 제 옷을 훑어보고서 다른 사람들의 옷차림을 둘러보았다.

"그게 옷 때문이냐? 내가 잘생겨서 보는 거지."

"너 오늘 우울한 거 맞아? 아주 발랄하다."

"난 팩트를 말했을 뿐이야."

"그런 말은 또 어디서 배웠대."

"편의점 사장님한테."

현의 뻔뻔함에 단비가 혀를 찼다.

아웅다웅하다 보니 금세 잠실역에 도착했다. 놀이동산에는 화려한 조명과 신나는 음악, 즐거운 표정의 사람들이 가득했다. 여기저기서 환호성에 가까운 비명도 들려왔다.

현은 연신 사방을 둘러보느라 바빴다. 언제 우울했냐 싶게 기분이 좋아진 듯했다. 당연하게도 한껏 들뜬 하은이가 현에게 물었다.

"우리 뭐부터 탈까?"

"아무래도 현이 처음이니까 덜 무서운 것부터 타는 게 좋겠지."

"어허. 사내대장부를 뭘로 보고. 가장 무서운 것부터 타자꾸나."

단비의 말에 현이 목소리를 짐짓 깔며 말했다.

"그래? 후회하지 마라."

셋은 자이로드롭을 타기로 했다. 줄이 길었으나 간식도 먹고 이야기도 하면서 기다렸다. 줄이 절반으로 줄었을 때쯤 하은이가 현을 걱정했다.

"현아, 진짜 괜찮겠어? 너 이런 데 처음이라며. 이거 진짜 장난 아니야. 지금이라도 다른 거 타러 갈까?"

"걱정 마라. 하은이 너도 타는 걸 설마 내가 못 타겠냐?"

"그래, 좋아. 허헌! 바로 그런 자세야."

하은이가 초롱초롱하게 눈동자를 빛냈다.

단비는 가끔 하은이의 해맑은 눈동자를 보면 맑은 눈의 광인 같다는 생각을 하곤 했다. 조용해서 눈에 띄지 않지만 하은이가 가슴속에 열정을 가득 품고 있다는 걸 단비는 알고 있었다. 그리고 그 열정은 주로 노는 데 특화되어 있었다. 어쩌다 자기처럼 잘 놀아주지도 않는 앨 친구로 두었는지 안됐다는 생각도 들었다.

드디어 자이로드롭에 셋이 나란히 앉았다. 하은이가 가운데 앉고 단비와 현이 양옆에 앉았다. 안전 요원의 리드미컬하고 힘찬 목소리가 울려 퍼졌다.

"쭉쭉 올라가 하늘 끝까지! 쭉쭉 올라가 우주 끝까지! 자이로! 자이로! 자이로! 드롭! 올라갑니다! 안녕히 가세요!"

자이로드롭이 천천히 위로 올라가며 회전하기 시작했다. 처음에는 지상에서 기다리는 사람들의 기대와 초조가 뒤섞인 얼굴이 보였다. 그러다 높아질수록 다른 놀이기구가 보이더니 잠시 후 테마파크 전경과 초록 호수가, 더 올라가자 높은 건물들이 보였다. 그리고 가장 높은 곳에 도착할 즈음에는 멀리 도시를 둘러싼 산까지 보였다. 그걸 보고서야 현은 자기가 실수했다는 걸 깨달았다.

잠시 후, 사람들이 일제히 내지르는 비명이 먼저 쏟아진 다음 자이로드롭이 순식간에 지상으로 내려왔다. 옆에 앉은 하은이의 손을 부서질 듯 잡은 채 돌처럼 딱딱하게 굳은 현은 내려선 뒤에도 한동안 움직이질 못했다. 단비와 하은이가 현을 겨우 끌어냈다.

정신을 차리지 못하는 현을 의자에 앉히고 단비와 하은이는 배를 잡고 웃어댔다.

"첫 놀이기구 탄 기분이 어때서. 허세남."

현이 간신히 말문을 열었다.

"백 일도 못 채우고 저세상으로 가는 줄. 내 혼은 아직 저 위에 있고, 몸만 내려온 기분이다."

하은이가 현의 등을 두드려주었다.

"야. 됐어. 이 누나가 사내대장부 격하게 칭찬해. 처음부터 이걸 탔으니까 넌 이제 못 탈 게 없는 거야."

단비와 하은이는 여전히 다리를 후들거리는 현을 다른 놀이기구로 데려갔다. 현은 그만 타겠다고 손사래를 쳤으나 하나둘 타보더니 곧 빠르게 적응했다. 그러다 나중에는 갈 시간이 되어도 돌아가지 않으려 했다.

"여기 언제 또 올 거야?"

폐장을 알리는 안내 방송을 듣고 현이 아쉬운 목소리로 물었다.

"고딩이 시간 내기가 쉬운 줄 알아?"

단비가 입을 쭉 내밀고 말했다.

"그럼 나 혼자라도 와야겠다."

"현아, 난 언제든 학교 쨀 수 있어. 혼자 가지 말고 갈 때 꼭 연락해."

현의 혼잣말에 하은이가 두 손을 모으고 눈을 빛내며 말을 보탰다.

"그래, 꼭 그러마."

단비와 현과 하은이는 모처럼 각자의 걱정과 불안을 내려놓고 즐거운 하루를 보냈다.

표현은 안 했지만, 사실 단비도 무척 즐거웠다. 이런 시간이 얼마 만인지 몰랐다. 그동안 단비는 자신을 채찍질하며 누구보다 열심히 살아왔다. 그것이 단비 다이어리에 적힌 엄마의 뜻을 지키는 거라 생각하면서. 그러나 가끔은 이런 날도, 조금은 풀어진 채 그냥 흘려보내는 날도 필요하다는 걸 오랜만에 느꼈다.

집으로 가는 지하철 안이었다. 가만히 앉아 있던 현이 놀라운 말을 무심히 툭 내뱉었다.

"있잖아. 나 기억이 떠올랐어. 이번에는 찰나가 아니야. 처음으로 제대로 된 기억이다."

현의 말에 하은이는 무슨 말인지도 모르면서 기뻐했고, 단비는 나른하게 감았던 눈을 동그랗게 떴다.

"정말? 어떤 기억이야?"

"외롭고 힘겨웠던 내 어린 시절과 나만큼이나 외로웠던 내 친구에 대한 기억."

현이 이야기를 시작했다.

160년보다 더 먼 과거에, 조선에 살았던 두 소년의 이야기였다.

⊛

초여름 오후, 어느 양반댁 행랑채 앞마당에 한 노비 아이가 쪼그려 앉아 있었다. 까치집처럼 헝클어진 머리에 남루한 차림이었으나 눈빛만은 유난히 초롱초롱한 아이였다.

아이는 나뭇가지에 물을 묻혀 널빤지에 그림을 그렸다.

모처럼 짬이 난 오후 한때가 아이에겐 무척 귀한 듯 보였다.

널빤지 위로 그림자가 지자 그림에 열중하던 아이가 고개를 들었다. 한 남자가 인자한 눈매로 아이를 내려다보고 있었다. 차림새가 양반은 아닌 듯했으나 범상치 않은 느낌을 풍기는 사내였다.

"강아지를 그리는 것이냐?"

"그렇습니다."

"한쪽 다리는 왜 저런 것이냐?"

"주인어른이 키우시는 황구이온데, 얼마 전 사나운 개에게 물려 한쪽 다리를 쓰지 못하게 되었습니다. 어쩐지 황구가 불쌍하여 자꾸만 그리게 되옵니다."

남자가 몸을 숙여 그림을 가까이서 보았다. 그리고 한눈에 아이의 빼어난 재주를 알아보았다. 종이에 붓으로 그린 것도 채색한 것도 아니었지만 그림은 단박에 시선을 잡아끌었다.

그림 속 강아지는 한쪽 다리를 절뚝이며 걷고 있었다.

남자는 『한비자』에 나오는 옛날 중국 어느 화가의 말을 떠올렸다. 제나라 왕이 가장 그리기 어려운 것과 쉬운 것을 묻자 화가는 대답했다.

견마최난 귀매최이(犬馬最難 鬼魅最易).

개나 말을 그리기는 어렵고, 도깨비나 귀신을 그리기는 쉽다는 뜻이다. 누구나 흔히 볼 수 있는 개나 말은 비평하는 눈이 많지만, 귀신과 도깨비는 아무도 본 일이 없어 어떻게 묘사하든 오히려 비평에서 자유롭다.

아이의 재능은 타고난 것이었다. 짧은 순간의 동작까지 잡아내는 천부적인 관찰력과 그것을 살려내는 표현력까지 놀라울 따름이었다.

남자는 도화서 선화(善畵) 허일이었다.

허일은 대대로 화원 가문으로 명망을 떨친 집안에서 태어나 모두의 기대에 부응하며 가문의 전성기를 이끌었다. 특히 초상을 잘 그려 수종화사를 거쳐 동참화사로 활약하였고 다음 어진(御眞) 제작 때는 주관화사로 선발될 거라 모두 의심치 않는 실력자였다. 화원으로서 어진화사를 두 차례나 수행했으니 남부러울 것이 없었다.

그러나 그는 늘 마음이 편치 않았다. 하나뿐인 그의 아들이 집안의 명맥을 끊어놓을 것만 같았기 때문이다.

아들은 그림에 소질이 없었다. 어려서부터 엄격한 훈련을 받았기에 어느 정도 수준에는 이르렀으나 그것으로 끝이었다. 그의 성에 차기에는 한참 부족했다. 아무리 가르치고 어르고 달래도, 심지어 매를 들어도 타고난 그릇을 바꿀 수는 없는 노릇이었다.

어떻게 나, 허일의 아들이 이럴 수 있단 말인가. 그는 도무지 이해할 수가 없었다.

지인들과 친우들이 아들의 그림을 궁금해할 때마다 그는 애써 농으로 눙치며 피하곤 했다. 그리고 그런 날은 어김없이 거나하게 취한 채 들어와, 집 안을 얼음장처럼 얼어붙게 만들곤 했다. 그러다 보니 허일의 처와 아들은 늘 그의 눈치를 보며 살았다.

무엇보다 허일은 중인으로 태어난 것이 참을 수 없이 억울했다. 중인의 신분이었으나 예인의 혼을 갖췄고 만나는 이들은 거의 신분이 높은 자들이었다. 바로 그 점이 허일을 힘들게 했다. 자신의 재주는 취하면서 하대하는 자들을 마주하는 순간을 참기가 어려웠다. 그들보다 뛰어난 재주를 지녔음에도 고개를 숙여야 하는 자신의 처지가 서러웠다. 집안 배경과 피나는 노력으로 이만큼 이루었지만 난다 긴다 해도 중인은 중인일 뿐이었다. 게다가 화원은 중인 중에서도 천인 계층인 외류잡직으로 분류되어 있어 성공한다 해도 종6품이 한계였다. 화원이 진급할 수 있는 최고의 직위인 별제의 자리조차 그림에 밝아 화격을 잘 아는 사대부에게 양보해야만 했다.

몇 대조에 걸쳐 이룬 것을 아들이 더 키우지는 못할망정 망쳐버린다면……. 화원이 그림을 그리지 못한다면 도대체 무얼 할 수 있을 것인가. 생각만 해도 가슴이 벌렁거리고 울화가 치밀어 올라 자다가도 눈이 번쩍 뜨이곤 했다. 그런 허일이 노비 아이를 본 것이다.

"나를 따라오너라."

놀란 아이가 허일의 뒤를 따랐다. 자기도 모르는 사이 무엇을 잘못한 걸까, 겁을 잔뜩 집어먹은 얼굴이었다.

허일은 그림을 좋아하는 한성판윤의 부름으로 그 댁에 왔던 참이었다. 아이의 솜씨를 제대로 확인해 보고 싶어진 그는 집으로 가려다 말고 사랑채로 다시 발길을 돌렸다.

아이가 우물쭈물하며 사랑채에 들지 못하는 걸 허일은 괜찮다며 안으로 들였다. 그리고 하인을 시켜 화구를 가져오게 했다. 화구를 기다리는 동안 허일이 아이에게 이것저것 물었다.

"이 댁 노비냐?"

"그러하옵니다."

"나이가 어떻게 되느냐?"

"열셋이옵니다."

열셋이면 아들과 같은 나이였다.

"이름이 무엇이냐?"

"소석기이옵니다."

"부모 형제는?"

석기가 두 주먹을 꼭 움켜쥐었다.

"어릴 때 이 댁으로 팔려 온 이후 소식이 끊겼습니다."

더 말하지 않아도 아이가 어떤 삶을 살았는지 짐작할 수 있었다.

노비는 남자 노비인 '노'와 여자 노비인 '비'를 합쳐 부르는 말이다. 사람 취급받지 못하는 노비의 이름은 대충 짓기 마련이었다. 그나마 이름을 짓는 이유도 노비 문서에 이름을 적기 위해서였다.

사람 취급을 받지 못했기에 노비의 이름은 동물에 빗댄 경우도 많았다. 강아지, 도야지, 망아지, 개노미 같은 이름이 흔했다. 그리고 소석기라면…… 무슨 뜻인지 바로 짐작할 수 있었다. 성으로 쓰이지 않는 글자인 작을 소(小)를 비롯해 그저 비슷하게 소리 나는 글자로 아무렇게나 노비 문서에 적었을 터였다.

하인이 가져온 화구를 받아 펼치고 허일이 말했다.

"아무것이나 그리고 싶은 것을 그려보아라."

석기의 눈이 커다래졌다.

"이 종이에 말씀입니까?"

"그렇다."

석기는 감히 붓을 들 수 없었다. 아니 만질 엄두조차 나지 않았다. 이런 귀한 것을 만졌다가 경을 치는 것은 아닐지 두려웠다. 그러나 생전 처음 본 나리는 따스한 눈빛으로 다시 한번 붓을 권했다. 석기가 용기 내어 붓을 들고 먹을 찍었다.

조심스레 종이에 붓을 그은 석기가 잠시 멈춰 몸서리쳤다. 온몸에 전율이 인 것이다.

태어나 처음 느껴보는 기분이었다. 땅에 나뭇가지로 그리는 것과는 비교조차 할 수 없었다. 석기가 이내 미친 듯이 그림을 그리기 시작했다. 얼마 후 그림을 완성하고 석기는 나리에게 머리를 조아렸다.

허일은 자신의 눈이 틀리지 않았음을 다시금 확인했다.

석기가 그린 그림 속 인물들은 모두 생동감이 넘쳤다. 고기를 발라내는 백정이, 김이 모락모락 솟아오르는 가마솥에서 국밥을 푸는 주모가, 떡을 파는 노파가, 광주리를 이고 가는 아낙이, 장작더미를 가득 실은 지게꾼이, 화려한 복색으로 저자를 누비는 기생들이 모두 그러했다. 허일은 마치 자신이 그들 사이를 지나고 있는 것 같았다.

"시장통을 그린 것이냐."

"그렇사옵니다."

"언제 본 것이냐?"

"그제 심부름을 다녀오다 본 것을 그린 것이옵니다."

"한번 본 것을 이렇게 모두 기억하느냐?"

"예. 눈을 감아도 눈을 뜨고 마주하듯 생생하게 기억이 납니다."

허일이 눈을 감고 깊은 한숨을 내쉬었다. 어쩌자고 하늘은 이 천하디천한 노비에게 이런 귀한 재주를 내린 것인가, 한탄하고 한탄했다.

며칠 후, 석기는 허일의 집으로 거처를 옮겼다. 허일이 후하게 값을 치르고 간곡하게 부탁하여 데려온 것이다. 그리고 그날부터 석기는 낮에는 일하고 밤에는 허일에게 그림을 배웠다. 일을 하긴 했으나 한성판윤 댁에 있을 때와는 비교도 되지 않는 잔심부름 정도였다.

허일은 석기가 고된 일을 하지 못하도록 모두에게 일렀다. 손을 다치면 안 되기 때문이었다. 석기는 자신에게 일어난 엄청난 행운이 믿어지지 않았다.

석기의 그림 솜씨는 나날이 일취월장했다. 그리고 매일 다짐했다. 자신을 알아봐 준 나리를 위해서라면, 무엇이든 할 수 있다고. 허일이 어떤 마음으로 자신을 데려온 줄도 모른 채.

석기가 허일의 집으로 거처를 옮기고 달포가 지난 날이었
다. 누군가가 대문 앞 돌계단에 앉아 있는 석기를 가만히 불
렀다.

"애, 무얼 그리 보고 있니?"

소리가 들리는 쪽으로 석기가 고개를 돌렸다. 그곳에 석
기 또래의 소년이 있었다. 얼굴에 은은한 귀티가 흐르는 소
년이 석기를 보고 옅은 미소를 짓고 있었다. 석기는 반사적
으로 발딱 일어나 소년을 향해 고개를 조아렸다.

"노을을 보고 있었습니다."

"노을?"

"예. 저녁노을 말씀입니다."

"보니 어떠하냐?"

석기가 천천히 입을 열었다.

"이 댁에 온 다음부터 석양이 아름답다는 걸 알게 되었습
니다. 전에는 그저 하루하루 살아내기에 급급했지요. 늦은
밤에야 지친 몸을 누이기 바빴으니까요. 이제는 제게도 잠
시나마 지는 해를 볼 짬이 생겼습니다. 저는 이 시간이 참으
로 좋습니다."

"나도 그러하다. 아버님이 보시면 그럴 시간에 청승 떨지

말고 더욱 서화에 정진하라고 역정 내시겠지만⋯⋯."

소년이 끊임없이 색이 바뀌는 노을을 바라보다 말끝을 흐렸다.

석기는 소년에게 왠지 모르게 마음이 갔다. 소년과 더 말을 나누고 싶어진 석기가 다시 입을 열었다.

"해가 지는 동안에 그리고 해가 지고 나서도 세상은 시시각각 바뀝니다. 보고 있자면 꼭 다른 세상에 온 것만 같습니다. 그런 기분이 들 때면 상상하곤 합니다. 만약 다른 세상이 있다면, 다시 태어날 수 있다면, 나는 무엇이 될까? 혹 노비가 아니라 양반으로 태어날 수도 있을까. 부모님과 함께 살 수 있지 않을까⋯⋯. 그런 생각에 잠시나마 시름을 잊습니다."

말을 마치자마자 석기는 흠칫 놀라며 얼른 두 손으로 입을 틀어막았다. 노비 주제에 신세 한탄이라니. 경을 칠 일이었다. 석기의 마음을 알아챈 소년이 웃었다.

"괜찮다. 계속 말해보아라. 네 얘기를 듣는 게 좋구나."

석기가 우물쭈물하다 말을 이었다.

"저는, 저는 그저 자줏빛 노을이 참으로 곱다는 말씀을 드리려던 것입니다. 이 두 눈으로 고운 걸 볼 수 있다는 게 눈물이 날 만큼 기쁘다는 말씀입니다."

소년이 석기를 빤히 바라봤다.

"네가 석기지?"

"예, 도련님."

소년이 염낭에서 뭔가를 꺼내 석기에게 내밀었다. 기름종이에 싸인 약과였다. 석기가 선뜻 받지 못하자 소년이 손을 더 가까이 내밀었다. 그때 석기는 보았다. 소년의 손바닥에 새겨진 붉고 또렷한 회초리 자국을.

"너와 말이 잘 통할 것 같아. 다음에는 혼자 말고 나랑 같이 석양을 보자꾸나. 알겠지?"

"예? 예. 도련님."

소년이 따스하게 미소 지으며 석기에게 말했다.

"우리 동무하자. 앞으로 우리끼리 있을 때는 도련님이라고 부르지 마. 내 이름은 현이다. 허가 현."

❈

현의 이야기는 지하철 밖으로 나와서도 한참 이어진 뒤에야 끝났다. 이야기가 끝나자 단비가 조심스레 물었다.

"석기라는 애는 너희 집 노비이자 네 친구였던 거야?"

"응. 내 기억뿐만 아니라 주변인들의 기억까지 떠오른 것 같아. 마치 영화를 보는 것처럼. 아버님의 마음도, 어린 석기의 마음도 온전히 전해졌어. 석기란 아이는 비록 노비였지만 내가 누구보다 더 귀히 여겼던 것 같다. 그 애를 생각하니 마음이 아프구나. 하지만 이 기억만으로는 그림을 완성할 수 없어."

새로 떠오른 기억 때문인지 현이 어지러움을 느낀 듯 몸을 약간 휘청였다. 하은이가 놀라 현을 부축했다.

현이 숨을 한번 크게 쉬고서 하은이에게 말했다.

"하은아, 잠깐 문구점에 같이 좀 가자."

하은이가 고개를 끄덕이고 잠자코 현의 뒤를 따랐다. 어째선지 하은이는 현의 이야기가 시작되고부터 말수가 줄었다. 무언가 곰곰이 생각에 빠진 듯도 했다.

문구점에 도착한 현은 상자 몇 개를 들고 오더니 하은이에게 주었다. 하은이가 얼떨결에 상자들을 받아 들었다.

"이게 뭐야?"

"나노 블록이야."

"나노 블록?"

"응. 블록 하나 크기가 쌀알만 하더라. 그래서 만들 때 아주 집중해야 해. 대신 조립하고 나면 일반 블록보다 훨씬 세밀하게 표현되지. 어떤 꼬마 손님이 이걸 자주 사 가길래 하루는 내가 물어봤어. 재밌냐고. 그러니까 그 꼬마가 그러더라. 부모님이 늦게 들어오는 날이 많은데 그럴 때 이걸 만들면 혼자라는 걸 잊게 된다고."

현이 잠시 말을 멈추었다가 옅은 미소를 지으며 다시 말을 이었다.

"인간이 가장 덜 외로울 때는 고독할 때래. 혼자만의 시간을 두려워하지 마. 외로움을 인정하고 받아들이면 오히려 외로움에서 벗어날 수 있을 거야."

현의 말을 가만히 듣던 하은이는 블록 상자들을 가방 안에 넣었다. 하은이의 눈에는 작은 눈물방울이 그렁그렁 맺혀 있었다.

"오랜만에 선물 받으니 기분 좋다. 현아, 고마워."

하은이가 단비와 현에게 인사하고 집으로 돌아갔다. 하은이의 발걸음은 그 어느 때보다 가벼워 보였다.

하은이가 사라지자 단비가 현에게 물었다.

"어떻게 기억이 돌아온 거야? 방법을 찾았어?"

"아니, 못 찾았어. 하지만 분명한 건 내가 하은이의 감정을 느낀 순간 내 어린 시절도 떠올랐다는 거야."

단비는 하은이의 어린 시절에 대해 들은 적이 있다. 하은이는 전도사였던 아버지를 따라 전학을 자주 다녔다고 했다. 친해질 만하면 이별해야 했던 것이다. 그게 무엇이든지 간에. 정 많은 하은이에게 잦은 이별은 몇 번을 반복해도 버거운 일이었을 것이다.

현은 오늘 놀이동산에서 하은이의 묵은 외로움을 보았다. 그리고 외로웠던 자신의 어린 시절도 기억해 냈다.

10
무임승차

많은 일이 있었던 주말이 지나고 목요일이 되었다.

목요일은 방과 후에 바로 수학 학원에 가는 날이었다. 단비는 핸드폰을 무음으로 해놓고 수업을 들었다. 그리고 쉬는 시간에 핸드폰을 꺼냈다가 깜짝 놀라고 말았다. 부재중 전화가 열 통이 넘게 와 있던 것이다. 전화를 건 사람은 레드크로스 조장 선배였다. 단비는 서둘러 전화를 걸었다.

"선배, 무슨 일이에요?"

— 표단비! 너 왜 안 와.

"네? 어딜요?"

— 오늘 실험한다고 생명과학실 오라고 했잖아.

"실험 내일 금요일 아니에요?"

— 날짜 바뀌었다고 전달했잖아. 장우주한테 못 들었어?

"네. 못 들었어요."

— 뭐야. 우주는 말했다는데? 누구 말이 맞는 거야. 아무튼 어쩔 거야. 벌써 거의 끝나가는데.

"선배, 저 진짜 못 들었어요. 지금 갈게요. 같이 장우주랑 삼자대면해요."

— 10분 준다.

단비는 서둘러 가방을 챙겨 뛰어나갔다. 현에게 장우주의 이상한 행동에 대해 들은 뒤부터, 어쩌면 그 전에 장우주에게 싸한 느낌을 받은 뒤부터 단비는 머잖아 이런 일이 생길 것 같다고 예감한 듯했다.

한번 그렇게 생각하니 우주의 행동거지 하나, 말 한마디도 예전과 다르게 보였다. 하지만 아무리 생각해 봐도 도대체 왜 그러는지, 이 불길한 예감이 단순한 착각인 건지 과한 오해인 건지 알 수가 없었다.

뛰는 단비의 몸이 긴장으로 단단해졌다. 신경 쓰이는 애가 있다는 건 정말 피곤한 일이었으니까.

생명과학실에 갔을 때는 실험이 끝났는지 우주와 조장 선배 둘만 있었다. 단비는 선배에게 눈인사를 하고 바로 장우주에게 따져 물었다.

"장우주! 나는 날짜 바뀌었다고 전달 못 받았는데 어떻게 된 거야?"

"내가 월요일에 말했는데 기억 안 나?"

"월요일 언제!"

"선배한테 듣고 쉬는 시간에 너한테 바로 말했어."

단비의 목소리가 높아졌다.

"전혀 기억에 없어. 그리고 나는 목요일에 학원 있어서 만약 들었으면 목요일은 안 된다고 했을 거야. 나한테 대답 들긴 한 거야? 내가 아무 말 안 했을 텐데 그럼 다시 물어서 제대로 확인했어야 하는 거 아냐?"

전력 질주를 한 데다 흥분하기까지 해서 단비는 얼굴뿐아니라 목까지 벌게졌다. 그런데 우주의 반응은 예상과 달랐다. 우주는 어깨를 움츠리더니 작은 소리로 말했다.

"단비야, 미안해. 네가 원래 평소에 말 걸어도 대답을 잘안 하잖아. 그래서 그때도 듣고서 일부러 대답 안 하는 줄 알았어."

"뭐라고?"

"내가 목소리가 좀 작잖아. 그래서 네가 못 들었을 수도있겠다. 내가 더 크게 말했어야 했는데. 정말 미안해."

그림이 이상해지고 있었다. 전달 못 받아 실험에 참여 못한 것도 화가 나는데 장우주는 단비를 묘하게 이상한 애로 몰아가고 있었다. 억울해서 미칠 지경이었다.

단비가 다시 항변하려는데 선배가 끼어들었다.

"자자. 그만하자. 서로 오해가 있었던 것 같으니까 이번 일은 없던 일로 할게. 조원 모두에게 직접 전달했어야 했는데, 너희 둘이 같은 반이라고 한 명한테만 말한 내 잘못도 크다. 어차피 오늘은 첫날이라 많이 못 했어. 다음 주 금요일에 또 모이기로 했으니까 그때 단비가 역할 많이 해줘. 알았지?"

"네. 선배."

단비는 할 수 없이 그쯤에서 멈추었다.

그런데 선배가 자리를 뜨자마자, 장우주의 입꼬리가 아주 살짝 올라갔다. 단비가 고개를 홱 돌려 제대로 봤을 때는 언제 그랬냐는 듯 아무렇지 않은 얼굴로 돌아와 있었지만.

단비는 다시 학원으로 뛰어가 수업을 들었다. 하지만 자꾸만 아까 일이 생각나서 수업에 집중할 수가 없었다.

그러나 단비와 우주가 삐걱댄 건 그때가 시작일 뿐이었다.

일주일 후 금요일에 단비가 장우주에게 갔다. 말 붙이기 싫어도 꼭 해야 할 말이 있었다.

"통사 수행 네가 맡은 해결방안 부분 다 했어? 했으면 오늘까지 내 메일로 보내줘."

"아니, 아직 못 했는데."

"왜? 경빈이랑 동호는 너한테 진작 보냈다던데. 내가 엊그제 통사 하고 있냐고 물어봤을 때 하고 있다고 분명히 대답했잖아. 설마 못 들었다고 할 건 아니지? 너랑 얘기할 땐 앞으로 동영상이라도 찍어놔야 하는 거 아닌가 싶다."

"기억나. 그런데 내가 좀 바빴어. 오늘 밤에 해서 보내줄게. 미안."

"밤에는 꼭 보내줘. 내일까지는 해놔야 나도 마음 편하니까."

"알았어."

그러나 그날 자정이 지나도 장우주에게선 메일이 오지 않았다. 단비는 또 울컥하고 말았다. 하지만 밤이 늦어 아침 일찍 물어보기로 하고 쉽게 오지 않는 잠을 청했다.

아침에 메일을 확인했다. 불길한 예감대로 역시 메일은 오지 않았다. 단비는 곧장 장우주에게 전화를 걸었다. 장우주의 전화는 꺼져 있었다. 주말 내내.

월요일에 학교에 가자마자 단비는 우주에게 성큼성큼 다가가서 큰소리로 말했다.

"장우주! 너 왜 수행 안 보내? 전화도 안 받고 진짜 너무하는 거 아냐? 자꾸 이러면 네 이름 보고서랑 PPT에서 뺄 수밖에 없어."

"아, 미안해. 나 주말 내내 아팠거든. 너무 아파서 톡 보낸다는 걸 깜빡했어. 오늘 저녁에 꼭 보낼게."

"내일이 발표일인데 오늘 저녁에 보낸다고? 장난해?"

"그럼 학교 끝나고 집에 가서 정리 좀 하고 6시 전까지 보낼게. 거의 다 했어."

단비는 둘을 바라보는 반 아이들의 시선을 느꼈다. 아이들의 눈에 우주는 약자로, 단비는 약자를 윽박지르는 애로 보일 터였다. 하은이가 단비 곁에 다가와 팔을 잡으며 그만하라는 신호를 보냈다.

자꾸만 이런 식이었다. 분명 불편한 상황을 만들고 잘못하고 있는 건 우주인데 항상 단비가 우주를 몰아가는 것처럼 보였다.

그날 단비는 몇 번의 재촉 끝에 밤 10시가 다 되어서야 겨우 우주의 메일을 받을 수 있었다. 그런데 메일 첨부파일을 열자마자 단비는 화가 머리끝까지 치밀어 올랐다. 내용은 겨우 A4 반쪽으로 빈약했고 해결방안이라는 것도 엉성하기 짝이 없었다.

단비는 그제야 깨달았다. 장우주는 수행을 할 마음이 전혀 없었다. 처음부터 이러려고 조까지 바꾼 게 분명했다. 단비를 곤란하게 하는 게 목적이었을 것이다. 미리 눈치채고 주말에 장우주 몫까지 해놨어야 했다.

화가 났지만 시간이 없었다. 단비는 서둘러 장우주가 맡은 부분을 작성하기 시작했다. 뭐든 대충하지 못하는 성격이라 보고서와 PPT를 만들고 나니 새벽 4시였다. 경빈이와 동호가 보낸 건 미리 해놔서 그나마 늦게라도 완성할 수 있었다. 단비는 지친 몸을 침대로 던지고 바로 기절하듯 잠이 들었다.

다음 날 단비가 눈을 뜬 시간은 7시 56분이었다. 단비는 미친 듯 비명을 질렀다. 8시 정각에 출석 체크를 하는데 부모님의 사전 연락 없이 1초라도 늦으면 '미인정 지각'이었다. 날개를 달고 날아간다 해도 8시에 도착하는 건 불가능했다. 예전에는 무단 지각이라고 불리던 그것이 부드러운 표현으로 바뀌었으나 좋을 게 없는 건 마찬가지였다. 단비는 지금까지 지각한 적이 단 한 번도 없었다.

단비는 서둘러 아빠에게 전화했다. 거짓말은 나쁘지만, 아파서 병원에 간다고 선생님께 문자를 부탁할 참이었다. 그러나 아빠는 전화를 받지 않았다. 단비는 할 수 없이 담임

선생님께 아파서 조금 늦는다고 문자를 보내고 학교로 뛰어
갔다.

조회가 끝나갈 즘 도착한 단비는 헐떡거리는 숨을 가라앉
히며 태연하게 앉아 있는 장우주를 노려보았다.

곧 1교시가 시작되었다. 하필 1교시가 통사 시간이었다.
마음을 가다듬으려 애썼지만 쉽지 않았다. 단비의 발표는
평소보다 매끄럽지 못했다.

"내용도 좋고 발표도 잘했는데, 왜 보고서에 이름이 세 명
뿐이야?"

발표를 마친 단비에게 통사 선생님이 물었다.

"장우주는 보고서 작성에 참여하지 않아서요."

단비가 또박또박 대답했다.

"장우주, 정말이야? 참여 안 했어?"

선생님이 장우주에게 물었다. 그러자 장우주는 아프다는
것을 티 내는 듯 작은 목소리로 대답했다.

"선생님, 저 참여했어요. 아파서 주말 내내 누워만 있었거
든요. 좀 늦게 보내긴 했지만 제가 맡은 부분 해서 메일로 보
냈어요."

단비는 저절로 헛웃음이 나왔다.

"우주가 계속 보낸다고 하면서 안 보내다가 어제저녁도

아니고 밤에 보냈는데 그건 했다고 볼 수 없는 정도였어요. 그래서 우주가 맡은 부분도 제가 새로 다 했어요. 메일 온 거 보여드릴 수도 있어요."

단비가 다소 격앙된 목소리로 반박했다. 그러자 통사 선생님이 이마를 살짝 찌푸렸다.

"단비야. 조장의 역할은 PPT 만들고 발표하는 것만이 아니야. 단비가 수고한 건 알겠어. 하지만 원활하게 소통하는 것도 중요한데 그게 좀 아쉽네."

단비는 튀어나오려는 항변을 꾹 눌러 삼켰다. 원래 통사 선생님은 평소에도 말을 비판적으로 하는 편이었다. 기분은 좋지 않았지만, 더 따지지 않고 넘기려 했다. 그런데 이어진 선생님의 말에 자리로 돌아가려던 단비는 걸음을 우뚝 멈추고 말았다.

"아무튼 잘했으니까, 네 명 모두 만점이야."

농도 짙은 카페인 음료를 마신 것처럼 단비의 심장 박동이 빨라졌다.

거리를 두되 원만하게 생활하고, 작은 일에도 최선을 다하며, 선생님들께 공손하게 대하기. 평소 단비가 학교생활의 원칙으로 생각하고 지켜오던 것들이었다. 그런데 그 철옹성 같은 원칙이 부글거리는 반발심에 녹슨 쇠문처럼 삐걱

밀려나고 있었다. 도저히 참을 수가 없었다.

"선생님, 왜 네 명이에요? 제가 말씀드렸잖아요. 장우주는 한 게 없다고요."

단비가 선생님을 똑바로 바라보며 말했다.

"아팠다잖아. 그만해. 우주 민망하겠다."

"민망해야죠!"

단비가 급작스레 목소리를 높였다. 교실에 순식간에 어색하고 불편한 적막이 내려앉았다.

"민망해야 맞는 거죠. 선생님, 제가 우주한테 몇 번이나 연락했는지 아세요? 저 우주 몫까지 이번 수행 진짜 열심히 했어요."

"그랬겠지. 단비 항상 열심히 하는 거 선생님도 잘 알지. 그런데 말이야. 수행은 단순히 학습만을 위한 게 아니야. 서로 소통하고 협력하는 걸 배우려는 것이기도 해. 단비는 다 좋은데 조원들을 따뜻하게 이끄는 리더십, 그게 좀 부족한 것 같아."

"선생님. 정말 몰라서 여쭤봐요. 저는 최선을 다했고 장우주는 자기 역할을 하지 않았어요. 조원들에게 피해를 준 건 장우주인데 왜 저한테만 뭐라고 하세요? 장우주의 잘못에 대해선 왜 아무 말 하지 않으시는 거예요? 자기 역할을 하지 않은 장우주가 왜 같은 점수를 받아야 하는지 모르겠어요."

단비가 울컥한 목소리로 재차 물었다.

"네가 조금만 더 너그러운 사람이 되었으면 해서 그러는 거야."

"자기 역할 안 하는 건 이해해 줘야 하고, 너그럽지 못한 건 그보다 나쁜 건가요? 무임승차한 애나 밤샌 애나 같은 점수를 받는 게 너그러운 건가요? 그건 너그러운 게 아니고 불공정한 거 아닌가요?"

"아팠다잖니."

"저도 피곤하고 힘든 거 참고했어요!"

"알았다. 알았으니까 그만해."

선생님이 다음 조에게 발표를 넘겼다. 단비는 잠시 그 자리에 섰다가 입술을 깨물며 자리로 돌아갔다. 통사 수업이 끝이 나도록 단비의 뛰는 가슴은 도무지 진정되지 않았다.

쉬는 시간에 단비가 담임 이재원 선생님을 찾아 교무실로 갔다. 통사 선생님이 담임 선생님에게 이르려고 왔냐며 뼈 있는 농담을 던졌다. 단비는 못 들은 척하고 담임 선생님에게 하려던 말을 했다.

"선생님, 저 오늘 미인정 지각 아니죠? 8시 전에 미리 문자 드렸으니까요."

"일단 미인정인데 부모님과 통화해서 확인되면 질병 지각으로 변경 가능해. 지금 전화드릴까? 병원이나 약국은 다녀왔니? 다녀온 기록이 있어야 하는데."

"아뇨. 못 갔어요. 그리고 지금 아빠랑 통화 안 될 것 같아요. 바쁘신지 전화를 안 받으세요. 외국에 출장 가셨거든요."

"그렇구나. 그럼 요새 집에 너 혼자 있니?"

"네……. 그런데 이모랑 외할머니가 자주 오세요."

순간 단비는 귀밑 침샘이 찌릿하더니 목구멍이 아프도록 뻐근해졌다. 혼자서 짙은 안개 속에 서 있는 것도 같았다. 자신의 상황을 구체적인 말로 내뱉고 나니까 서러움이 마구 밀려온 것이다.

아빠가 있었다면 늦잠을 잘 일도 없었겠지, 수행 발표 자료 만드는 것도 도와줬을 거야, 이런 생각이 스쳐 지나갔다. 다른 아이들에게는 없는, 커다랗고 무거운 짐을 어깨에 얹은 기분이었다. 이럴 땐 어떻게 해야 하는 걸까. 단비 다이어리에 방법이 적혀 있을까? 다이어리는 가방 속에 있는데, 지금 당장 어떻게 해야 할지 모르겠는데 어쩌지? 하는 생각도 들었다. 하지만 눈앞에 다이어리가 있다고 해도 펼치지 못할 것 같았다. 해결 방법이 적혀 있지 않으면 어깨 위의 짐이 더 무겁게 느껴질 것 같았으니까.

단비의 눈에서 기어코 눈물이 터져버렸다. 그런 단비를 보고 선생님이 당황하며 말했다.

"아니, 울긴 왜 울어. 통화는 나중에 해도 돼. 에구, 녀석. 마냥 씩씩한 줄만 알았는데."

이재원 선생님은 단비의 마음을 짐작할 수 있었다. 단비가 평소 강한 모습만 보였던지라 더 가슴이 아파서 선생님은 자기도 모르게 흘러내린 눈물을 주름진 손등으로 훔쳤다.

주변 선생님들이 무슨 일인가 하고 힐끗 보았다. 선생님이 단비의 어깨를 가만히 두드려주었다.

장우주는 통사 수행에서 결국 만점을 받지 못했다. 단비가 교무실에서 울었기 때문이 아니었다. 그날 방과 후에 하은이가 통사 선생님을 찾아갔다.

"무슨 일이니?"

하은이가 떨리는 손으로 통사 선생님에게 핸드폰 사진을 내밀었다. 그건 장우주가 주말에 새로 오픈한 카페에 놀러가서 찍은 SNS 스토리를 캡처한 것이었다.

"선생님. 아파서 집에서 꼼짝 못 했다더니, 장우주 놀러다녔어요. 제가 SNS 중독이거든요. 우주가 잠깐 올렸다 지웠지만 저는 봤어요."

"그래? 알았다. 그나저나 우주는 왜 이렇게 안티가 많냐."

통사 선생님은 툴툴거리면서 10점 만점인 수행 점수를 4점으로 바꾸었다. 그리고 이틀 후 돌아온 통사 시간에 이번 수행 사태에 대해 공개적으로 한마디 했다. 그러나 장우주는 눈도 깜빡하지 않았다. 애당초 수행 점수 따위는 신경도 쓰지 않았다는 태도였다.

하굣길에 단비가 하은이에게 말했다.

"쫄보 박하은이 어쩐 일로 그런 용기를 냈대."

"너만큼 나도 화나서. 혹시나 해서 캡처해 놓길 잘했지."

"그런데 4점도 많지 않냐?"

"당연하지. 그래도 선생님이 너에 대한 오해는 풀었을 테니까 걱정 마."

"이미 찍힐 대로 찍혔겠지, 뭐."

단비가 잠시 아무 말 하지 않다가 다시 입을 뗐다.

"고마워, 박하은."

하은이가 수줍게 웃었다.

"고마우면 맛있는 거 사줘."

"알았어. 알았어. 뭐 먹고 싶어. 말만 해."

단비도 살짝 따라 웃었다.

하은이 덕분에 이제야 속이 좀 풀리는 기분이었다. 하은이가 먹고 싶은 것들을 줄줄이 나열하며 떠드는 통에 살짝 정신이 없었지만. 단비는 오늘은 학원에 가야 하니 다음에, 하고 말한 뒤 하은이와 헤어졌다.

혼자 걷는데 멀리서 누군가 크게 팔을 흔드는 모습이 보였다. 통학로와 대로가 만나는 지점에 아빠가 서 있었다. 분명 아빠였다.

단비는 아빠를 부르며 그대로 달려가 안겼다. 고등학생 딸과 중년의 아빠가 반가워하는 흔치 않은 풍경에 지나가는 사람들이 쳐다보는 것도 상관하지 않고서.

"아빠! 어떻게 된 거야? 돌아오려면 거의 한 달 남은 거 아니었어?"

"맞아. 잠깐 들어온 거야. 배고프지? 우리 맛있는 거 먹으러 가자."

단비와 아빠는 근처 학원가에 있는 수제버거집으로 갔다. 버거를 먹으며 아빠가 말을 꺼냈다.

"아까 말한 것처럼 출장 다 끝난 건 아니야. 휴가 내고 잠깐 들어온 거야."

"왜?"

"네가 걱정돼서 도대체 일이 손에 잡혀야! 요새 이상하게 카드 많이 쓰는 것도 그렇고. 담임 선생님한테 얼마 전 일도 들었고."

"우리 선생님 너무 고지식해. 같이 울기까지 해놓고 미인
정인 건 안 바꿔주더라."

"원칙대로 하시는 거지 그게 왜 고지식한 거니. 지각 한
번으로 큰일 나지 않으니까 그만 잊어버려."

단비는 묵묵히 버거를 한입 베어 물었다.

"게다가 카드 사용 시간 봤더니 학교에 있을 시간에 쓴 거
보고 별별 생각이 다 들어서. 요즘 무슨 일 있어? 혹시 나쁜
애들한테 괴롭힘당하고 그러니?"

아빠의 걱정스러운 물음에 단비가 버거를 내려놓고 머리
를 쓸어넘기며 웃었다.

"아빠, 나 표단비야. 그런 일 당하면 내가 가만있을 거 같
아? 알바한테 숙식 제공하느라 카드 좀 썼어."

"숙식?"

"아, 아니. 잘못 말했어! 숙은 아니고 식! 간식 뭐 그런 거
있잖아."

"파트타임 알바한테 무슨 간식을 그렇게?"

"파트타임 아니고 종일 알바야. 알바가 일을 잘해서 매출
도 늘었잖아. 걱정하지 마. 나 믿지?"

"그렇다면 다행이고."

"나 이제 수학 학원 가야 해. 저녁에 얘기해."

"그래. 아빠가 저녁 맛있게 차려놓을게."

단비는 아빠와 헤어지고 학원으로 향했다. 수업 시간은 지루할 정도로 느리게 흘렀다. 단비는 얼른 집에 가고 싶은 마음뿐이었다.

11
의도된 실수

학원을 마치고 돌아와 보니 아빠가 꽤 많은 반찬으로 풍성한 저녁을 준비해 놓았다. 요리에 서툰 아빠가 얼마나 정성껏 준비했을지 짐작되었다.

단비와 아빠는 모처럼 밀린 얘기를 나누며 함께 저녁 식사를 했다.

"있잖아. 아무래도 출장이 더 연기될 거 같아. 우리 딸 고생스러워 어쩌지?"

"예상하던 바입니다, 표동원 씨. 마음의 준비를 하고 있어서 충격이 덜하네."

"미안해, 딸."

"됐어. 노는 것도 아니고 일하는 건데. 참, 그래도 8월 6일까지는 돌아와야 해."

"왜 하필 8월 6일이야?"

"응? 알바가 그날까지만 일할 수 있댔거든."

"그 전에야 들어오겠지."

이상했다. 현이 떠나는 날을 떠올리자 단비는 왠지 모르게 마음 한구석이 허전해졌다. 현을 오래 만난 것도, 현이 살아있는 사람도 아닌데.

저녁을 먹고 아빠와 단비는 함께 문구점에 갔다. 현이 이상한 말이나 하지 않으려는지 단비는 은근히 걱정되었다.

"사장님, 안녕하세요."

현이 아빠를 보고 공손히 인사했다. 아빠가 현에게 악수를 청했다.

"단비한테 얘기 들었어요. 우리 가게에서 일해줘서 고마워요."

"무슨 말씀을요."

순조로운 인사를 마치고 아빠는 문구점을 한 바퀴 둘러보았다. 그러다 어느샌가 창고 앞에 서서 손잡이를 돌리고 있었다. 그제야 단비가 아차 싶어 다급히 외쳤다.

"아빠! 잠깐! 거기는……."

어찌 된 일일까. 창고 안은 예전과 같은 모습으로 돌아가 있었다. 아빠가 의아한 눈으로 바라보자, 단비가 겸연쩍게 말했다.

"청소 안 해서 지저분하니까 보지 말라고."

"괜찮은데, 뭘. 아, 단비한테 들어보니 편의점 음식으로 끼니를 때운다던데 젊은 사람이 그래서 되겠어요? 제대로 된 밥을 먹어야지."

아빠는 곧장 창고 문을 닫고 다시 현에게 말을 걸었다.

"가끔 식당에서도 먹는데 편의점에 맛있는 게 더 많아서요. 걱정 감사합니다."

"그래요. 그래도 다른 음식도 사 먹어요. 참! 8월 6일에 알바 그만둔다고요?"

"예. 아마도요."

"그럼 그때까지 잘 부탁해요."

"네, 사장님. 하시는 일 잘 마치고 건강히 돌아오시길 바랍니다."

"요즘 보기 드물게 예의 바른 청년이네. 지금 학생인가? 아니면 취업 준비 중?"

위험했다. 아빠가 더 꼬치꼬치 묻게 둘 수는 없었다. 단비는 서둘러 아빠 등을 밀었다.

"아빠, 먼저 집에 들어가. 나 독서실 갔다가 들어갈게."

"그래. 들어오기 전에 연락하면 아빠가 데리러 갈게."

"알았어, 알았어."

문구점이 생각보다 잘 정리되어 있어서인지 아빠는 순순히 나갔다. 단비는 안도했고 현은 부러워했다.

"너희 아빠 참 좋으시다. 좋은 아버지를 둔 네가 정말 부럽다, 표단비."

"막상 같이 살아보면 그닥 부럽지 않을걸."

"우리 아버지에 비하면…… 정말 좋은 분이시다."

"어? 뭔가 또 기억난 거야? 미완성 그림에 그려 넣을 수 있는 기억이야?"

"아니. 지난번처럼 많이 생각난 건 아니야. 그냥 스쳐 지나간 정도야."

현이 씁쓸하게 웃었다. 현의 표정을 보고 단비는 더 물을 수가 없었다.

"그러니까 아버지께 잘해. 표단비."

"저기, 무슨 기억인지 모르지만, 지금이랑은 시대가 다르잖아. 그때는 개인보다 집단을 우선시했고 또…….

"나도 알아. 괜찮아."

현이 단비의 말을 부드럽게 잘랐다.

"그래. 그럼 나 갈게. 마무리 잘하고 내일 봐."

단비가 어색하게 웃으며 문구점을 나섰다.

단비가 돌아가고 문구점을 정리한 후, 현은 창고 방에 들어갔다.

현은 이제 어떻게 하면 기억이 돌아오는지 조금은 알 것 같았다. 지난번 놀이동산에 갔을 때, 현은 자이로드롭을 타면서 하은이의 손을 꼭 잡았다. 너무 무서워 자기도 모르는 사이 그랬던 거였다. 그리고 그 후에 어린 시절의 기억이 떠올랐다. 또 조금 전 단비 아빠와 악수하고 나서 비록 짧은 장면이긴 하지만 아버지에 대한 기억이 떠오른 것이다.

타인의 신체를 접촉하면 기억이 떠오른다는 건 분명해 보였다. 그러나 그것 말고도 필요한 조건이 있음이 틀림없었다. 다른 놀이기구를 탈 때 단비의 손도 잡았지만, 그때는 아무런 기억도 떠오르지 않았으니까.

아버지에 대해선 차라리 기억하지 못한 편이 나았을 것 같았다. 떠오른 기억이 전부는 아니겠으나 아버지에 대한 느낌은 한없는 차가움뿐이었다.

도화서 화원으로 어진화사를 두 차례나 수행한 자랑스러운 아버지, 그러나 늘 아들의 부족함을 못마땅해한 아버지, 그 부족함을 참지 못해 자주 매를 든 아버지. 그보다 더 슬픈 건 아버지를 존경할 수 없는 기억이 분명 더 남아 있다는 것이었다.

현은 스케치북을 펼쳤다. 그리고 조금 전 떠올린 장면을 그리기 시작했다. 어디엔가 옮겨 그리지 않으면 복잡한 감정으로 심장이 터져나가지 않을까 두려워서였다.

부드러운 미술용 6B 연필을 집었다. 우주가 자주 사 가는 제품이었다. 현은 우주가 그 연필을 집어 들 때의 표정을 기억했다. 원념이 가득한 우주에게 그런 표정을 짓게 해주는 연필이라면, 현에게도 분명 위로가 되어줄 터였다.

호화로운 방 안에 6B 연필로 사각사각 선 긋는 소리와 현의 낮고 거친 숨소리가 가득 찼다.

아빠는 며칠 후 다시 출국했다. 다시 혼자가 되었지만, 단비는 처음처럼 막막하지 않았다. 혼자인 건 마찬가지였으나 무슨 일이 생기면 먼 곳에서라도 언제든 아빠가 달려와 줄 거라는 믿음이 생겼기 때문이다.

아빠가 출국하고 며칠 지나 토요일이 되었다. 동아리 보고서 제출이 벌써 다음 주로 다가왔고, 기말고사도 3주밖에 남지 않은 6월의 주말이었다.

이날 레드크로스 부원들의 모임 장소는 세진고 과학실이 아닌 명광대학교 자연과학대학의 한 실험실이었다. 회장 선배가 학기 초에 고등학생을 대상으로 하는 대학 실험실 체험 프로그램에 지원해 선정된 덕이었다. 대학 캠퍼스에 방문한다는 소식을 들은 후 부원들은 환호성을 질렀다.

단비는 캠퍼스도 둘러볼 겸 이른 시간에 출발했다. 지하철을 타고 가는데 환희에게 전화가 걸려 왔다.

— 단비야, 오늘 같이 가자. 우리 엄마가 데려다주신대.

"괜찮아. 나 지하철 타고 가고 있어."

— 벌써?

"그래, 이따 봐."

단비는 전화를 끊고 핸드폰을 물끄러미 보았다. 어쩐지 피곤한 일이 생길 것만 같았다.

환희 엄마가 전화를 끊는 환희에게 물었다.

"왜. 벌써 출발했다니?"

"네."

"어떤 앤지 궁금했는데. 엄마 카페에서 기다리고 있을 테니까 이따 올 때는 같이 타고 가자고 해."

"단비가 불편해하지 않으면 그렇게 할게요."

"불편할 게 뭐야? 태워주면 고마운 거지."

환희와 환희 엄마의 대화에 누군가 끼어들었다. 뒷자리에 앉은 우주였다.

"그건 네 생각이고 단비는 불편할 수 있지."

"너는 보면 진짜 단비 엄청 챙겨."

"친구잖아."

"친구 맞아? 썸 타는 거 아니고?"

이번엔 환희 엄마가 환희와 우주의 대화에 끼어들었다.

"환희야. 대학 가기 전에는 여자 친구 꿈도 꾸지 마. 알았지?"

"그런 거 아니에요."

"안 그래도 잘생겨서 걱정되는데 엄마 불안하잖아."

"아니라니까요."

우주와 엄마가 대화를 자꾸만 이상한 쪽으로 몰아가서 환희는 차라리 아무 말도 하지 않기로 했다. 도착할 때까지 차 안에는 환희 엄마와 우주의 목소리 그리고 환희의 은근한 짜증만이 흘렀다.

실험실에서 프로그램이 시작됐다. 교수님이 와서 인사하고 오늘 이루어질 실험에 관한 이론 강의를 했다. 그리고 대학생과 대학원생 조교들이 프로그램 과정을 안내한 후 조별로 함께 실험을 도왔다. 처음으로 방문한 대학교에서 최신 실험 기자재를 이용한다는 건 설레는 일이었다. 모두 진짜 대학생이 된 듯 들떠서 실험실은 밝은 에너지로 가득했다.

첫 실험은 자신의 DNA를 추출하는 실험이었다. 먼저 생리식염수로 입안을 강하게 헹군 용액을 시험관에 넣었다. 거기에 전해질 용액을 넣고 따뜻한 물에 시험관을 10분 정도 담가두었다가 차가운 에탄올을 섞고 흔들었다. 그러자 실뭉치 같은 하얀 DNA가 천천히 떠올랐다. 자신의 DNA를 눈으로 보다니, 신기했다.

다음엔 SEM이라 불리는 주사전자현미경으로 개미와 잠자리 날개를 관찰했다. 주사전자현미경은 시료면 위에 전자선을 주사하여 대상 시료를 관찰하는데, 광선 대신에 전자빔을 사용하기 때문에 내부가 진공상태라고 했다. 150만 배 정도 확대하여 2나노미터 정도까지 관찰이 가능한 고가의 현미경으로 크기가 크고 사용법이 복잡해 바로 관찰할 수 있도록 미리 준비되어 있었다. 광학 현미경과 달리 개미의 얼굴 생김새는 물론이고 솜털까지 보였다. 2500배 확대된 잠자리 날개는 그물과 비슷했다.

단비는 모든 과정이 시간 가는 줄 모를 정도로 흥미로웠다. 들뜬 단비가 실험을 도와주는 대학원생에게 친근한 목소리로 물었다.

"저, 선생님. 대학원생이시죠?"

"그래."

"전공 공부가 재밌어서 대학원까지 가신 거예요? 대학원 가면 뭐가 제일 좋아요?"

대학원생이 검지로 뿔테 안경을 한번 밀어 올리고는 단비에게 되물었다.

"학생, 소년이 잘못하면 어디에 가지?"

"네? 글쎄요. 소년원?"

"그렇지. 소년이 잘못하면 소년원에 가고, 대학생이 잘못하면 대학원에 가. 편하게 살고 싶으면 오지 마. 지옥이야. 특히 우리 학교는."

"아, 네. 좋은 말씀 감사합니다."

단비가 멋쩍게 대답했다.

실험이 끝나고 집으로 돌아갈 때 단비는 환희 엄마의 차를 탔다. 환희 엄마는 물론이고 우주까지 있는 탓에 불편했지만, 자꾸만 타라고 하는 탓에 거절할 수가 없었다.

환희 엄마는 차에 타자마자 환희가 단비를 좋아한다는 걸 엄마의 본능으로 단박에 눈치챘다. 조수석엔 환희가 탔고 뒷자리에 우주와 단비가 나란히 앉았는데 환희 엄마는 운전 중에도 거울로 계속 단비를 흘끔거렸다. 잠시 후 환희 엄마가 참았던 질문을 던졌다.

"단비가 그렇게 공부를 잘한다며?"

"아니에요. 환희가 더 잘해요."

"중간고사 겨우 한 등수 차이던데 기말까지 치러야 알지. 그런데 단비 참 예쁘다. 중학교 때 잠깐 본 적 있는데 고등학생 되더니 훨씬 예뻐진 것 같아."

"감사합니다."

"인기 많지?"

"아니에요."

"무슨 소리야. 너 좋아하는 남자애들 많잖아."

팔짱을 끼고 앉아 창밖만 내다보던 우주의 말이었다.

"어디 사니? 부모님은 뭐 하시고? 아! 이런 거 물어보면 실례지?"

"엄마, 그만하세요."

보다 못한 환희가 끼어들었다.

"알았어, 알았어. 얘는 엄마 무안하게. 단비가 너무 예뻐서 그런 거야."

그 후로는 분위기가 어색해져 거의 대화가 이어지지 않았다. 단비는 집 근처 대로변에 내려달라고 한 뒤 공손히 인사하고 집으로 돌아갔다. 그날은 그렇게 끝이 났다.

그러나 환희 엄마의 걱정은 그때부터 시작이었다. 주변에서 듣던 흔한 이야기가 시시각각 반복적으로 떠올랐다.

고등학생들끼리 사귀면 여학생은 성적이 올라가고 남학생은 떨어진다는 이야기. 차라리 대학 갈 때까지 유지되면 다행인데 중간에 깨지기라도 하면 '순진한' 남학생은 정신적 타격으로 공부를 손 놓는다는 무서운 곁들임. 여학생이 경쟁자를 타깃으로 삼아 일부러 접근하기도 한다는 그런 괴담 같은 이야기가.

흔한 이야기는 상상을 불러일으켰다. 환희가 단비 때문에 공부에 방해받다가 성적이 떨어져 원하는 대학을 가지 못하는 데까지 이어지는 상상은 자꾸만 반복되다가 망상이 되었고, 몸집이 커진 망상은 환희 엄마의 머리를 무겁고도 아프게 눌렀다.

급기야 환희 엄마는 불안감을 견디지 못하고 우주에게 전화를 걸었다.

"우주야, 네가 전에 단비 좀 이상한 애라고 하지 않았어?"

답이 정해진 질문이었다. 우주는 기다렸다는 듯 양념이 잔뜩 쳐진 말을 쏟아냈다. 우주의 말에 따르면 단비는 잘난 척 끝판왕에 저보다 못난 애들을 무시하기 일쑤고, 이기적이고 영악해서 사람을 이용하는 데다 상처 주는 말을 아무렇지 않게 하며 성적을 위해서라면 물불을 가리지 않는 애였다.

환희 엄마는 전화를 끊고 손톱을 물어뜯었다. 얼마 전 새로 받은 네일이 벗겨지는 줄도 몰랐다. 환희가 걱정되어 견딜 수가 없었으니까.

정신없는 나날들이 흘러갔다. 각종 수행평가에, 영어신문제작 동아리 활동에, 레드크로스 보고서에, 기말고사까지 준비해야 했다.

아빠가 없는 자리도 생각보다 컸다. 늘 단비 자신이 아빠를 챙긴다고 생각했으나, 사실 아빠에게 많은 돌봄을 받고 있었다는 걸 아빠의 빈자리를 통해 매일 느꼈다.

단비는 종종 현이 없었으면 어쩔 뻔했나 싶었다. 현 없이 문구점을 운영했다면 진작 지쳐 쓰러졌을 것이었다. 이제는 현이 백 일이 되기 전에 기억을 모두 찾아 그림을 완성하고 떠날까 봐 걱정될 정도였다.

단비는 학교나 학원을 마치고 문구점에 가서 현에게 하루 일을 늘어놓곤 했다. 그래야 하루가 끝나는 기분이었다. 현은 묵묵히 귀를 기울이며 단비의 일과를 들어주었다. 그러던 중 한번은 심기를 거스르는 말을 해서 단비가 화를 낸 적이 있다.

"아! 대한민국 고딩으로 사는 거 너무 힘들어. 장우주도 계속 짜증 나게 굴고."

"생각해 봤는데 장우주 말이야. 괜히 그러는 게 아니라 혹시 뭔가 이유가 있는 거 아닐까?"

"뭐?"

"우주가 잘했다는 게 아니라 다른 애들한테는 안 그러고 너한테만 그런다면 한번 물어보는 게 어때? 서로 오해가 있을 수도 있잖아."

"오해는 무슨. 넌 내가 그동안 한 애길 뭘로 들은 거야? 우씨. 너 일로 와. 죽었어."

단비는 현의 등을 마구 두드렸다. 그러면서도 한편으로는 현의 말이 어느 정도 일리가 있다는 생각이 들었다.

기말고사를 일주일 남겨둔 금요일이었다. 레드크로스 담당 선생님이 단비를 호출했다.

"단비야, 이상해서 확인 좀 하려고. 너 지난번에 대학 실험실 프로그램 안 갔니?"

"네? 당연히 갔는데요."

"1학년 보고서에 네 이름이 없더라고. 사진도 없고. 네가 그럴 리가 없어서 확인하는 거야. 혹시 사진이나 그런 거 있니?"

"당연히 있죠. 그날 여러 장 찍었어요. 이따 핸드폰 사진 보여드릴게요. 보고서에서 제가 작성한 부분도 노트북에 있으니까 내일 출력해서 가져올게요."

"그래, 그럼 그거 다시 가져와. 그런데 참 이상해. 왜 네 이름이 빠졌지? 자칫하면 세특에 기재하지 못할 뻔했다. 나중에 수정하려면 골치 아픈데 묻길 잘했어."

단비는 선생님께 인사하고 곧장 환희를 찾아갔다. 1학년 보고서는 환희가 취합하고 정리해서 제출했으니까.

단비의 다소 굳은 얼굴을 보고 환희가 먼저 물었다.

"무슨 일 있어?"

"난 네가 그럴 리 없다는 거 알아."

평상시에도 살가운 편은 아니었지만, 오늘 단비는 환희에게 유달리 차가웠다. 의미심장한 단비의 말에 환희는 지레 겁을 먹었다.

"응? 무슨 말이야?"

"내가 널 아는데, 일부러 그러진 않았을 거라고 생각해."

단비는 자초지종을 설명했다. 환희는 어쩔 줄 몰라 하며 자기가 실수한 것 같다고, 왜 그랬나 모르겠다고, 너무 미안하다고 몇 번이나 사과했다.

"어쨌든 보고서 좀 다시 제출해 줘."

환희는 연신 제대로 확인해서 내일 다시 보고서를 내겠다고 했다.

"부탁 좀 할게."

단비가 무표정한 얼굴로 돌아섰다. 환희가 단비의 뒷모습을 한동안 바라보았다.

모른 척하기. 아무렇지 않은 척하기. 환희에게 익숙한 일이었다.

엄마의 슬픔과 아빠의 외면을 모른 척하기. 자신의 괴로움을 마주해도 아무렇지 않은 척하기. 환희는 오랫동안 그걸 해왔다. 자기가 안다는 걸 엄마가 알아챘다면 엄마의 슬픔은 눈덩이처럼 불어날 테니까.

그런데 모른 척이 과연 최선일까. 요즘 환희는 그런 생각이 들었다.

기말고사가 한창이었다. 하루하루 지날 때마다 아이들의 표정에서는 허탈과 안도 그리고 좌절이 교차되었다. 만족스러운 표정을 짓는 아이는 거의 없었고 간간이 '정시 파이터 확정!'이라고 외치는 비명도 들렸다.

"직보* 때 중요한 거 많이 나오는 거 알지? 그러니까 잘 들어."

토요일 아침, 학원에 데려다주면서 환희 엄마가 환희에게 말했다.

환희는 대답 없이 차에서 내렸다. 환희의 대답을 듣지 못한 엄마는 답답했는지 창문을 내리고 꼭 수업 잘 들으라고 다시금 외쳤다. 지나가던 사람들이 힐끔거릴 정도로 큰 소리였다. 그러나 환희는 뒤돌아보지 않고 곧장 학원 건물 안으로 들어갔다.

엘리베이터가 건물 1층에 도착하고 문이 열렸다. 하지만 환희는 엘리베이터를 타지 않았다. 안에 있는 사람들이 열림 버튼을 누르며 안 탈 거냐고 물었다. 환희는 그렇다고 대답하고는 서서히 몸을 돌리더니 학원 건물 밖으로 다시 나왔다.

직보에 빠진 환희는 계속 걸었다. 1시간 30분 가까이 걸어 도착한 곳은 한강이었다. 벤치에 앉아 환희는 아빠에게 전화를 걸었다. 오랜만의 전화에 아빠는 살짝 놀란 듯 보였다.

---

* 직전 보강의 줄임말. 시험 전날 마지막으로 점검 차원에서 이루어지는 수업을 뜻한다.

— 환희야. 어쩐 일이니? 무슨 일 있니?

환희가 잠시 뜸을 들이다 말을 꺼냈다.

"아빠. 엄마한테 왜 그랬어요?"

— 그게 무슨 말이야?

환희의 목소리는 간절한 투였다.

"저 어릴 때 엄마는 이렇지 않았어요. 아빠가 엄마한테 큰 잘못을 하고 제대로 사과조차 하지 않았다면서요. 이제라도 아빠가 엄마한테 사과하면 안 돼요?"

— 무슨 일이 있었는지는 모르겠지만 환희야…….

환희의 읍소에 아빠가 한숨을 토해냈다.

"엄마가 그 상처 때문에 이상하게 변한 거 같다고요! 사과라도 해주세요. 그럼 엄마가 다시 옛날로 돌아갈지도 모르잖아요."

환희가 아빠의 말을 끊고 소리쳤다. 환희가 이런 적은 처음이었다. 한동안 어떤 대답도 하지 않던 아빠가 수화기 너머로 조심스레 이야기를 시작했다.

— 이왕 이렇게 된 거 너도 알아야 할 거 같으니 말할게. 아빠, 네가 아는 그런 잘못 한 적 없어. 이혼도 엄마가 원해서 한 거야.

이번엔 도리어 환희의 입이 얼어붙었다. 아무 말도 하지 못했다. 아빠가 하는 말이 무슨 말인지 알 수가 없었다. 아빠가 다른 사람을 만났고, 상처받은 엄마가 힘들어해서 외할머니네 아파트로 이사를 했다. 그때부터 엄마와 환희에게 상처를 준 이기적인 아빠보다 더 나은 사람이 되라고 귀에 못이 박이도록 들었다. 그게 환희가 알고 있는 가정사였다. 그런데 엄마가 이혼하자고 한 거라니?

아빠가 계속 말을 이었다.

— 어느 날 직원들하고 회식했는데, 엄마가 지나가다 봤나 봐. 회식하면 항상 엄마한테 저녁 먹고 들어간다고 말했는데 그날은 왜 그랬는지 깜빡했어. 그날부터 엄마가 혼자 이상한 쪽으로 오해를 키운 것 같아. 어느 날 갑자기 아빠와 직원이 부적절한 사이라는 걸 안다면서 몰아붙이기 시작하는데 아무리 아니라고 해도 소용이 없었어.

환희는 머리를 한 대 맞은 것 같았다.

— 아빠는 절대 네가 생각하는 그런 짓은 한 적 없어. 솔직히 말하면 아빠도 지쳤던 거 같아. 이혼하자는 말에 내심 안도했으니까. 사실 그런 일이 한두 번이 아니었거든. 끝이 나지 않을까 두려웠어.

"이해가 안 가요. 아빠 말이 사실이라면 엄마가 왜 저한테 그런 거짓말을 해요? 이유가 뭐예요?"

환희의 목소리가 한껏 높아졌다. 아빠는 그런 환희를 진정시키려 애썼다.

— 거짓말이 아니라 엄마는 정말 그렇게 믿었던 거야. 마음이 아픈 사람이니까. 아빠가 그 직원까지 불러서 함께 아니라고 말했는데도 상상의 나래를 펼치는데 도무지 말이 통하지 않았어. 그래도 설마설마했는데 정말 이혼을 실행에 옮기더라고. 아빠도 지쳐서 홧김에 그러자고 했고. 그리고 아빠는 덮기로 했어. 너한테 엄마의 그런 모습을 알리느니 차라리 내가 나쁜 아빠가 되자, 그렇게 생각했다. 엄마가 너한테는 잘할 거라고 믿었으니까. 무슨 일이 있는지는 모르겠지만 엄마는 다 너를 위한 일이라 믿고 그러는 거야. 엄마는 아픈 사람이야. 그러니 너무 미워하지 마라.

환희는 기운이 탁 빠졌다. 엄마도, 아빠도 둘 다 이해되지 않는 건 마찬가지였다. 환희가 이번엔 가라앉은 목소리로 말했다.

"아빠, 좀 비겁하다고 생각하지 않으세요? 아니, 많이 비겁해요. 전 그런 줄도 모르고……."

아빠가 당황해서 머뭇거리는 게 전화로도 느껴졌다.

— 아빠가…… 미안하다, 환희야.

"아빠 말이 사실이면 아빠는 아픈 엄마를 두고 도망간 거예요. 아빠가 할 일을 하지 않은 거예요. 가족인데 어떻게 그래요?"

환희는 전화를 끊었다. 아빠에게서 바로 전화가 왔지만 받지 않았다.

고개를 들어 공원에서 즐거운 시간을 보내는 사람들을 둘러보았다. 연인, 가족, 친구. 모두 즐거워 보였다.

환희는 지난 3년을 잃어버린 기분이었다. 사춘기를 겪느라 힘든 와중에도 자기보다 엄마를 걱정하며 살아왔던 시간이 사실은 엄마, 아빠의 잘못된 생각 때문이었다니. 멋대로 오해하고 아빠의 말을 들으려 하지 않은 엄마도, 힘들다는 이유로 도망친 아빠도, 모두 이해되지 않았다. 환희는 입술을 깨물었다.

문득 환희는 단비가 찾아와 실험 보고서에서 자기 이름을 뺐냐고 물은 날을 떠올렸다.

단비에게 보고서 얘기를 들은 날, 환희는 엄마에게 물었다. 아니길 바라며 물었다. 혹시 노트북에 손을 댔냐고.

"단비 이름 지운 거 얘기하는 거야? 응, 엄마가 그랬어."

저녁을 하던 엄마는 아무렇지 않게 대답했다. 아니라고 부정조차 하지 않았다.

"왜요? 왜 그러신 거예요?"

환희는 기가 막혀 큰 소리를 냈다.

"애가 얄미워서."

"뭐라고요?"

"뭘 이렇게 예민하게 굴어. 정규도 아니고 그깟 자율 동아리 보고서인데 뭐 어때."

"엄마! 어떻게 그러실 수가 있어요. 어떻게 제 친구한테 그래요."

엄마가 뒤집개를 든 채 환희 쪽으로 몸을 돌리고는 진지한 표정으로 말했다.

"너 자꾸 그러면 내가 걔 찾아갈 거야. 우리 아들 그만 흔들라고. 이 중요한 때 여자애한테 빠져서는."

"엄마!"

"그럼 아니야? 솔직하게 말해봐. 너 걔 좋아하잖아. 아니야?"

환희는 아니라고 할 수 없었다. 지레짐작에 불과했으니 아니라고 둘러댈 수 있었지만 그러지 않았다. 그저 엄마와 더는 대화를 하고 싶지 않아 자리를 피했다.

환희는 중학교 때 단비가 이기준 무리와 맞서 싸우는 모

174

습을 본 뒤부터 늘 단비를 좋아해 왔다. 그때는 단비에게 왜 끌렸는지 몰랐는데 이제는 알 것 같았다.

단비는 자신과 달랐다. 환희는 자신이 참는 것이 최선이라고 생각했는데, 단비는 그렇지 않았다. 단비는 문제에 정면으로 맞서는 아이였다. 어쩌면 환희는 그때 이미 알게 되었는지도 몰랐다. 모른 척이나 아무렇지 않은 척하는 게 최선이 아니란 것을.

집으로 가면서 환희는 결심했다. 아빠처럼 도망가지 않겠다고.

12
길은 하나가 아니다

주말이 지났다. 계속 기말고사가 이어졌고 시험 마지막 날인 목요일이 되었다. 그런데 그날, 환희는 학교에 가지 않았다. 환희 엄마가 분명 교문 앞까지 데려다줬는데 교실에 들어가지 않은 것이다.

선생님의 전화를 받은 환희 엄마는 미친 듯이 온 동네를 뒤지고 다녔다. 하지만 환희는 어디에도 없었다.

저녁에야 집에 들어서는 환희를 보고 이성을 잃은 엄마가 목소리가 갈라지도록 소리쳤다.

"너 미쳤어? 미친 거지? 오늘 두 과목이나 0점 처리됐어. 그중에 한 과목은 무려 통합과학이야. 어떡할 거야! 네 인생 끝났어, 끝났다고!"

온몸으로 소리친 엄마는 기력을 다한 듯 바닥에 쓰러져

흐느꼈다. 환희가 몇 년 동안 봐왔던, 끝이 나지 않을 것 같은 지겨운 흐느낌이었다.

"끝나지 않았어요."

환희는 엄마에게 담담하게 말했다.

"뭐가 안 끝나! 내신 망했잖아!"

"그냥 시험 한 번 안 본 것뿐이에요. 누가 다치거나 죽은 게 아니라고요."

"학생이 시험 못 보면 죽은 거나 마찬가지지!"

"아니요. 전 오히려 후련해요. 시험 준비 시작할 때부터 결과 나올 때까지 잠도 못 자고 종종거리는 엄마 볼 때마다 제가 어떤 기분이었는지 아세요? 숨이 막혀 죽을 것 같았다고요. 하지만 엄마가 안쓰러워서 참았어요. 그런데 엄마는 저에게 거짓말만 해왔잖아요. 제가 오늘 왜 시험 안 본 줄 아세요?"

"너 설마 보고서에서 단비 이름 뺐다고, 그것 때문에 그러는 거야?"

엄마가 머뭇거리다가 아니길 간절히 바라는 표정으로 물었다.

"단비 때문만은 아니에요."

"그럼 뭐 때문인데!"

"멈추고 싶었어요. 제가 이러지 않으면 엄마는 계속 저를 망치고 엄마 자신을 망칠 거예요. 길은 하나가 아니란 걸 엄마한테 보여드릴게요. 저랑 약속 하나만 해주세요."

엄마는 도무지 이해가 되지 않는다는 표정이었다.

"이 상황에 무슨 약속!"

"엄마가 약속을 지키면, 열심히 공부한다고 저도 약속할게요."

"어떻게! 고1인데 벌써 내신을 망쳐버렸잖아. 수시 끝이 잖아."

"수시만이 길이 아니에요. 정시가 있잖아요. 힘들지만 논술도 있고요."

"정시가 얼마나 어려운 줄 알아? 논술은 더 어렵고."

"저도 알아요. 하지만 해내는 사람들도 있어요. 저도 그럴 수 있고요. 제가 못 할 거 같아요?"

더 절망하기엔 너무 힘이 들어서였을까. 환희의 말에 엄마는 실낱같은 희망을 찾은 듯 표정이 바뀌었다.

"아니, 할 수 있을 것 같아. 맞아. 우리 아들은 할 수 있어. 우리 환희가 얼마나 똑똑한데. 맞아. 할 수 있어."

엄마는 자신을 달래듯 계속 같은 말을 반복하다 크게 울음을 터뜨렸다.

"그러니까 약속해 주세요."

환희가 부드럽고 간절한 목소리로 다시 말했다.

"무얼?"

"병원에 가서 치료받으세요. 그래야 저도 열심히 공부할 거예요."

환희 엄마는 선뜻 대답하지 못하다가 눈물을 닦고 한참 만에 고개를 끄덕였다.

"알았어. 약속할게."

"한 가지 더 있어요."

"또?"

"저를 위한다는 핑계로 다른 사람을 밟지 마세요. 그렇게 쌓은 성에 저는 들어가고 싶지 않아요. 다시 또 그러면 그때는 아예 학교 그만둘 거예요."

"알았어. 알았다고. 그런 무서운 소리 그만해."

"엄마, 제발 불안해하지 마세요, 제발. 방법은 많아요. 길은 하나가 아니니까요."

환희가 엄마의 마른 몸을 꼭 감싸 안으며 깊은숨을 토해 냈다.

환희가 엄마와 묵은 감정을 풀고 있던 그 시간, 현은 문구점 창고 방 금침 위에 누워 어젯밤과 오늘 있었던 일을 생각하고 있었다.

아침에 현은 문구점 통창 너머로 하늘을 바라보고 있었다. 떠나야 하는 날까지 딱 한 달 남은 날이었다. 누구보다 잘 알고 있던 그 사실을 간밤에 어디선가 쓱 나타난 저승사자가 다시금 상기시켰다.

"남은 날이 많지 않다. 어서 기억을 떠올려야 할 거다."

"방법을 찾았고 애써봤지만 통하지 않습니다."

"네 안의 소리에 더 귀를 기울여 보거라."

저승사자는 모든 것이 순전히 현의 의지에 달려 있다고 덧붙였다.

누가 채근하지 않아도 현은 이미 초조했다. 문구점에 온 지 어느덧 두 달이 훌쩍 지났는데 뚜렷하게 떠오른 기억은 어린 시절뿐이었으니까. 놀이동산을 다녀온 후 여러 시도를 해봤지만, 하은이를 통해 생각난 기억이 전부였다. 희미하게 몇 번 떠오른 기억들은 기억이라기보다 느낌에 가까웠다.

현은 더 기억해 내지 못할까 답답하고 두려웠다. 그리고 그보다 더 두려운 것은 자꾸만 이 세상에 미련이 생긴다는 것이었다. 저승사자가 현의 마음을 읽은 듯 사라지면서 한마디를 남겼다.

"너, 생에 미련이 생기려 하는구나."

현은 사자의 말을 곱씹었다. 미련이 생기면 지박령이 되는 걸까. 단비에게 해를 끼치게 되는 건 아닐까.

하늘을 올려다보며 두려워하고 있는데, 난데없이 환희가 문구점으로 뛰어 들어왔다. 분명 학교에 있을 시간이었다. 단비가 한시도 아끼지 않고 공부했기에 현은 오늘이 기말시험을 치르는 날이라는 것도 알고 있었다.

환희는 무척이나 혼란스러워 보였다. 무슨 사정이 있는지 몰랐음에도 현은 환희의 표정만 보고 창고 문을 열어 그곳에서 쉬게 해주었다. 창고 안의 광경을 본 환희는 좀 놀란 눈치였으나 말없이 현의 금침 위에 몸을 모로 눕혔다. 그리고 깊은 잠에 빠졌다.

환희는 점심시간쯤이 되어서야 깨어났다. 한결 편안해진 얼굴이었다.

현은 점심을 사주겠다며 환희를 식당에 데려갔다. 아무것도 묻지 않던 현이 음식을 기다리다 물었다.

"진짜 괜찮겠어?"

"안 괜찮아. 나도 무서워. 하지만 고리를 끊어야 해. 그러지 않으면 평생 끝나지 않을 것 같아."

"고리라니?"

"악순환의 고리 말이야. 그동안 뭔가 이상하단 걸 느끼면서도 끌려다닌 그 고리. 엄마가 안쓰러워 참아왔는데 더는 그러지 않을 거야."

환희가 젓가락으로 밑반찬을 집었다. 현이 덤덤한 목소리로 환희를 불렀다.

"환희야."

"응?"

"샌님인 줄만 알았는데 너 좀 멋있는 거 같다. 잘했어."

환희가 멋쩍은 웃음을 지어 보였다. 일단 저지르긴 했지만, 여전히 두려웠다. 그런데 잘했다는 현의 말을 들으니 마음이 조금 놓였다. 이번에 낸 용기가 앞으로 많은 것을 바꿀 수 있을 것만 같았다.

그때 종업원이 물통과 컵을 가져다주었다. 환희가 컵에 물을 따라 현에게 건넸다. 현이 컵을 받아 들었고 서로의 손이 겹쳤다. 순간 현의 눈이 커다래졌다. 그리고 머리를 짚으며 작은 신음을 내뱉었다. 환희가 놀라 물었다.

"왜 그래? 어디 아파?"

"아니야. 잠깐 어지러워서."

현이 환희를 안심시키고 물을 한 모금 마셨다.

또다시 옛 기억이 선명하게 떠올랐다. 지난번보다 더 긴 기억이었다.

❀

현과 석기는 죽이 잘 맞았다. 틈만 나면 깔깔거리며 저잣거리를 쏘다녔고 함께 계절 놀이를 즐겼다.

현은 말을 좋아했다. 말을 타고 바람처럼 달릴 때면 말과 한 몸인 듯했고, 그 위에서 온갖 기예를 펼쳐 석기를 놀라게 하곤 했다. 그런 현을 보며 석기는 현이 예인이 아닌 무인 집안에서 태어났으면 얼마나 좋았을까 생각하곤 했다. 때로는 경치 좋은 곳에 가서 그림 시합을 벌이기도 했고, 현이 아버지로부터 크게 혼이 난 날은 갈 곳 없는 자들처럼 발 닿는 대로 걷고 오기도 했다. 그렇게 서로 기쁨과 아픔을 나누며 둘의 우정은 차돌처럼 단단해졌다.

열여섯이 되던 해에 현은 도화서에 생도로 들어갔다. 그리고 3년 뒤 열아홉에 도화서 화원이 되었다. 현이 정식 화원이 된 날, 석기는 현에게 직접 만든 화구통을 선물했다. 좋은 나무를 구해서 틈틈이 만든 몸통에 가죽을 두르고 대장장이에게 특별히 주문한 멋스러운 쇠 장식까지 달았다. 화구통에 현의 이름을 쓸 때는 혹시라도 실수할까 봐 몇 번이나 연습했는지 모른다.

"이걸 정말 네가 만들었다고?"

"마음에 들어?"

"마음에 드냐고? 어떻게 이게 마음에 들지 않을 수가 있겠어? 이리 멋진 화구통을 가진 화원은 조선 천지에 나밖에 없을 거다. 고맙다, 석기야. 내 이것을 죽을 때까지 곁에 두겠다."

현이 기뻐하자 석기는 이를 드러내며 환하게 웃었다. 세월이 흘러도 어린 시절처럼 동무로 대해주는 현이 한없이 고마웠다.

화원이 된 뒤 현은 생도 시절보다 더 바빠졌다. 석기 또한 바쁘긴 마찬가지였다. 달라진 게 있다면 전에는 밤에만 그리던 그림을 이제는 낮에도 그린다는 것이었다.

그런 와중에도 둘은 종종 놀이를 즐겼다. 화구통을 이용한 장난이었는데 서로의 얼굴을 우스꽝스럽게 그려 화구통에 넣어놓거나, 냄새나는 열매 따위를 넣어두곤 했다. 한번은 석기가 화구통을 열자마자 개구리가 튀어나와 기절초풍한 적도 있었다.

장난만 주고받은 건 아니었다. 둘은 얼마간 서로 화구통을 바꿔 들기도 했다. 그건 좋은 붓을 느끼게 해주려는 현의 배려였다. 현은 질 좋은 붓을 구하면 꼭 석기에게 화구통을 바꿔 들자고 했다. 며칠이나마 석기가 좋은 붓을 써볼 수 있도록. 때로는 떡이나 주전부리가 들어 있을 때도 있었다. 화구통은 둘만의 연결 창구였다.

바쁜 와중에도 어른들 눈을 피해 밤새 이야기를 나누기도 했다. 현은 도화서에서 있었던 일을 이야기했고, 석기는 그즈음 그리는 그림과 나리에 대해 이야기했다. 이야기의 끝은 항상 같았다. 석기는 나리가 현을 얼마나 아끼고 걱정하는지를 잊지 않고 덧붙였고 현은 먼 곳을 가만히 응시하는 것으로 매번 같은 대답을 보냈다. 마치 그곳에 어린 시절 함께 본 자줏빛 노을이 지고 있기라도 하는 것처럼.

어느 가을날, 비스듬히 경사진 방죽 둑에서 현이 석기에게 한마디를 툭 건넸다. 아무렇지 않은 척하는 현의 목소리에서 은근한 떨림이 느껴졌다.

"석기야. 동무 말고 내 형제가 되어줄래?"

강아지풀을 입에 문 채 두 팔로 머리를 받치고 누워 있던 석기가 순식간에 벌떡 일어나 앉았다.

"그게 무슨 말이냐?"

"나랑 동무 말고 형제 하자고."

석기의 낯빛이 어두워졌다. 그러더니 갑자기 노비의 자세를 취했다. 동무는 몰라도 형제가 되어달라는 것은 분수에 넘치는 말이었으니까.

"그런 말씀을 하시면 쇤네 동무도 되어드릴 수 없습니다. 도련님."

"왜지? 내가 아버지의 아들로 태어난 것이 나의 선택이 아니었듯 한 명쯤은 내가 가족으로 선택할 수 있는 거 아냐?"

"몰라서 그러십니까? 저는 천한 노비입니다. 그런데 어찌……."

"누가 천하다는 거냐? 그리 따지면 나도 양반이 아니야. 그리고 너는 내가 아는 사람 중 그 누구보다 뛰어난 재주와 고결한 성품을 가졌다."

"도련님!"

"석기야. 나는 이 세상에 이해되지 않는 게 너무나 많다. 내가 왜 화원 가문에 태어났는지, 왜 그림을 그리는 것보다 말을 타고 너른 들판을 달리는 게 더 좋은지, 왜 좁은 도화서보다 다른 세상이 더 궁금한지, 왜 내가 화원이 될 재목이 아닌 걸 아시면서도 아버님은 포기하지 못하시는지. 그리고 왜 하늘은 너에게 천부적인 재능을 주서놓고 그걸 펼칠 판은 함께 주지 않으셨는지 말이다. 너는 억울하지 않으냐?"

현이 먼 곳을 바라보며 그 어느 때보다 진지하게 말했다.

"제가 어찌 감히 그런 생각을……."

"네가 내 동생이나 형으로 태어났다면 모두가 행복했을 텐데. 그러지 못해 모두가 불행하구나. 아버지는 아버지대로, 나는 나대로, 너는 너대로 말이다. 그러니 내 형제가 되어달란 말이다."

현은 끝내 눈물을 보이고 말았다.

석기도 코끝이 매웠다. 자신이 오랫동안 품어왔던 의문을 현도 품고 있었다. 감히 입 밖으로 꺼낼 수도 없던 의문을. 그것으로 충분하지 않은가. 서로가 가족이 될 이유는.

그날 둘은 의형제를 맺었다. 서로에게 하나뿐인 형이자 동생이 되어주기로 했다. 석기는 가족을 위해서라면 목숨도 바칠 수 있었다. 그것은 현도 매한가지였다. 세상에 단 하나뿐인 형제를 위해서라면.

어느 이슥한 밤, 나리가 석기를 불렀다. 나리가 밤늦게 석기를 부르는 건 흔한 일이었다. 그러나 그날 밤 마당에 고인 밤공기의 냄새는 다른 날과 달랐다.

나리는 조용히 그림 한 장을 보여주었다. 많은 사람이 모여 의식을 치르는 그림이었다. 석기는 그것이 의궤에 쓰일 그림이라는 걸 알아차렸다. 나리는 석기가 그림을 크게 한

번 훑어보자마자 바로 접어버렸다.

"이 그림을 다시 그려보아라. 똑같이 그리되 더 낫게 그려야 한다."

석기는 나리의 뜻을 이해할 수 없었다. 그림을 베끼라는 말인가?

예전부터 나리는 종종 석기의 그림을 가져가서 돌려주지 않곤 했다. 어느 날은 대나무, 어느 날은 산수였다. 인물과 영모, 화초일 때도 있었다. 그럼에도 석기는 지금까지 단 한 번도 그림의 행방을 묻지 않았다. 이렇게라도 그림을 그릴 수 있어 행복했고 은인인 나리가 그림을 가져가 어디에 쓰는지는 자신이 상관할 바가 아니라고 생각했다. 하지만 그림을 보고 다시 그리라는 건 처음 있는 일이었다. 그러나 의문을 품은 건 잠시였을 뿐 석기는 밤을 꼬박 새워 그림을 그렸다.

다음 날 아침, 지친 석기가 잠시 눈을 붙이고 있는데 나리가 석기의 방에 들어왔다. 나리는 어제 보여줬던 그림과 석기가 밤새 그린 그림을 나란히 펼쳤다. 그리고 두 그림을 찬찬히 살폈다.

어제 나리가 잠시 보여줬던 그림은 '헌가도(軒架圖)'였다. 석기의 헌가도는 악기와 그것들의 배치, 악공들의 표정과

몸짓, 악공의 이름까지 모두 어제의 헌가도와 같았다. 그러면서 조금 달랐다. 석기의 그림에선 유려함이 흘렀다.

마침내 나리가 한마디를 던졌다.

"아주 잘하였구나."

순간 석기는 자신의 귀를 의심했다. 나리에게 처음으로 듣는 칭찬이었다. 미사여구는 필요 없었다. 잘했다는 말, 그것이면 충분했다. 감히 스승이라 부를 수도 없는 나리의 한마디에 석기는 온 천하를 얻은 기분이었다.

석기는 달뜬 기분으로 가득한 며칠을 보냈다. 나리가 석기를 다시 불렀다.

"이제부터 사화서*에서 일하거라."

"사화서라 하옵시면……."

"너도 이제 우리 사화서의 정식 화원이 되는 것이다."

석기는 자기가 무슨 말을 들은 것인지 잠시 어리둥절했다. 그러다 나리의 미소가 무슨 뜻인지 깨닫고는 감격하여 아무 말도 할 수가 없었다. 혹시나 하고 실낱같은 희망을 품지 않은 것은 아니었으나 자신의 처지에서 감히 바랄 수 없었던 화원의 꿈, 그 소원이 드디어 이루어졌다. 나리가 운영

• 화원이나 상인이 사사롭게 운영하며 그림을 그리거나 판매하는 곳.

하는 사화서에서 그림을 그리게 된 것이다.

도화서 화원이 되는 것은 아주 좁은 문이었다. 화원은 고작 서른 명이었고 어려운 취재를 통과해야 했다. 그러나 명예직일 뿐 돈과는 거리가 멀었다. 화원 중에서 정식으로 녹봉을 받는 자는 겨우 다섯이었고 그 녹봉도 생계를 유지할 수 없는 수준이었다. 나머지 화원들은 일이 있는 날만 일당과 점심값 정도만 받았다.

그런데도 그림에 재주가 있는 자들은 모두 도화서를 꿈꾸었다. 비록 하급 관청이긴 하나 중인 신분인 자가 나라의 관료가 되는 길이었고, 도화서에서 일한다는 것은 나라에서 인정하는 일급 화원이라는 보증서나 마찬가지였기 때문이다. 그리고 석기의 나리, 즉 허일은 그 보증서를 아주 잘 이용하는 사람이었다.

화원이 명예직인 만큼 화원들은 사사로이 그림을 그려 팔아 생계를 유지했는데 도화서 화원의 그림은 보통 화공의 그림과 시작하는 가격이 달랐다. 어찌 보면 당연한 일이었다. 그러나 모든 도화서 화원의 그림이 잘 팔리는 것은 아니었으며 도화서 화원 중에서 허일만큼 부를 이룬 사람은 없었다.

허일은 사화서를 운영하고 있었다. 규모가 크지는 않았으나 사화서는 연일 문전성시를 이루었다.

허일은 큰 부자가 되기로 결심했다. 화원으로서, 관료로서 자신의 한계가 정해져 있다면 돈으로라도 양반들을 누르고 싶었다. 허씨 집안을 최고의 화원 가문으로 만드는 데 돈이 꼭 필요하다는 것도 잘 알고 있었다.

기쁨의 눈물을 흘리는 석기에게 나리는 새 화구통을 내주었다. 화구통 안에는 새 화구와 쇠로 만든 인주합, 그리고 낙관이 들어 있었다.

"우리 사화서의 화원이 된 기념으로 네 호를 만들고 낙관을 팠다. 자줏빛 노을이라는 뜻의 '자하(紫霞)'니라. 마음에 드느냐?"

석기는 일전에 허일이 가장 좋아하는 것이 무어냐 물었던 기억을 떠올렸다. 그때 그렇게 물었던 이유를 이제 알게 된 것이다. 석기는 나리에게 절을 올리고 화구통을 꼭 끌어안았다.

❀

환희는 1학기 내신 종합 성적에서 두 과목에 응시하지 못한 것치고는 생각보다 좋은 등급을 받았다. 중간고사를 잘

본 데다 기말고사가 어려워서였다. 한문은 1단위 과목이라 타격이 적었고, 통합과학은 난도가 높아 기말시험을 망친 아이들이 많았다.

환희 엄마는 시험을 치르지 못한 두 과목에 대해 중간고사 점수의 80퍼센트를 받는 인정점수를 받아보려 알아보았다. 그러나 인정점수에 해당하는 질병에 걸린 것도 아닌 데다가 진료 기록도 없어 처리되지 않았다. 환희는 그만하라며 강하게 거부했다.

엄마는 결국 미련을 접었다. 그리고 약속대로 정신과 진료를 받기 시작했다.

아빠는 휴진하는 목요일에 종종 서울에 와서 엄마를 병원에 데려다주었다. 아빠가 엄마와 환희에게 미안한 마음을 그렇게라도 사과하는 중이라는 걸 환희는 알았다. 엄마와 환희도 서로 노력하며 조금씩 맞춰갔다.

환희는 그때 참지 않길 잘했다고, 터트리기를 잘했다고 몇 번이나 생각했다.

13
뒤바뀐 화구통

여름 방학이 되었다. 연일 찌는 듯한 더위가 이어졌다.

학원을 마치고 문구점에 들어간 단비가 의자에 털썩 주저 앉으며 말했다.

"날씨 미쳤어. 온몸이 녹아버리는 줄. 현아, 우리 팥빙수 먹으러 가자."

"팥빙수? 이름부터 맛나 보이는구나."

단비와 현은 빙수 전문점에 갔다. 문을 열자마자 쾌적하고 시원한 에어컨 바람이 둘을 맞아주었다.

단비는 망고 빙수를 고르고 현을 위해서는 전통적인 인절미 팥빙수를 주문했다. 단비의 예상은 적중했다. 현은 빙수 그릇에 코를 박고 정신없이 먹어댔다.

"안 차가워? 어떻게 그렇게 빨리 먹냐. 난 식도 아파서 그렇게는 못 먹겠던데."

"여름에 이렇게 맛난 얼음을 먹을 수 있다니. 이곳이 천국이구나."

"천국은 무슨. 좀만 더 있어봐. 너도 불평불만 쏟아질걸."

"내가 살았던 세상에 비하면 천국 맞다."

현의 얼굴에 갑자기 그늘이 드리워졌다.

"뭐야, 너 혹시 다 기억난 거야?"

"아직은 아니다."

단비는 날짜를 헤아려 보았다. 현의 표정이 어두워질 만했다. 이제 떠나야 하는 날이 열흘도 채 남지 않았는데 아직 그림을 완성하지 못했으니까. 그때 현이 머뭇거리며 입을 열었다.

"저, 단비야. 손 좀 줘볼래?"

순간 단비는 심장이 발끝까지 쿵 떨어지는 줄 알았다. 설마 현이 자기를 좋아하고 있었나 생각했다. 올 게 왔구나 싶으면서도 그런 낌새는 없었던 것 같은데, 어떡하지, 하고 망설이는데 현이 단비의 손을 덥석 잡았다. 미처 마음의 준비를 할 새도 없이.

당황한 단비가 침을 한번 꿀꺽 삼키고 말했다.

"야, 갑자기 왜 이래."

"잠깐만. 잠깐만 그대로 있어봐."

단비가 아는 애들이 있나 하고 주위를 슬쩍 둘러보았다. 다행히 아는 애는 없었지만 그대로 앉아 있지도, 그렇다고 손을 뿌리치고 일어나지도 못하며 어쩔 줄 몰라 했다.

한껏 심각한 표정을 짓던 현이 한참 만에야 손을 놓았다.

"역시, 그랬군. 기억이 더 떠올랐다."

"정말?"

"혹시나 했는데, 지금 네 손을 잡고는 확실히 알았어. 어떤 사람과 손이 스치거나 잡는 것 외에 더 필요한 조건이 있었어."

"그게 뭔데?"

"공명."

공명, 단비가 공명이라는 단어를 낮게 읊조렸다.

"그 사람이 가진 가장 강력한 감정과 내가 공명해야만 기억이 떠오르는 거였어. 중요한 건 내가 내 마음속 깊은 곳에 귀를 기울여야 한다는 거고."

"뭐야, 그래서 손잡은 거야?"

"그럼 내가 널 여인으로 보고 그런 줄 알았느냐."

단비가 현 쪽으로 기울였던 몸을 뒤로 확 젖히며 인상을 구겼다.

"이런 미친."

"곱게 생긴 애가 입은 험하구나."

"화나면 그래. 그러니까 건들지 마."

현이 단비를 향해 웃어 보이고 다시 말을 이었다.

"맨 처음은 장우주였다. 손을 직접 잡은 건 아니었지만 그애의 원념이 무척 강해 문구점 상품에 여기저기 흔적을 남겨놓았더군. 특히 단비 네가 사용하는 문구들과 6B 연필에. 직접 닿은 게 아니라 기억이 흐릿해서 처음엔 알아채지 못했어. 그다음에는 놀이동산에서 하은이의 손을 잡았을 때, 아버님과 악수했을 때, 환희가 시험을 보지 않고 나왔을 때 그리고 지금 너까지. 아직 전부는 아니지만, 기억의 조각들이 거의 다 떠올랐다."

단비는 현의 이야기를 들으며 하은이와 환희, 우주를 떠올렸다. 현과 공명했을 친구들의 감정이 무엇이었을지 가늠해 보았다. 그러다 보니 자연스레 제 마음 깊은 곳에 있는 무언가가 피어오르는 것이 느껴졌다.

단비가 포크로 망고를 찔러대던 손을 멈추고 고개를 들어 물었다.

"그럼 들려줄 수 있어? 네 이야기."

현이 단비를 통해 기억난 이야기를 들려주기 시작했다.

❈

화공이 된 뒤 석기는 나리 댁이 아니라 사화서에서 지내 게 되었다. 그러다 보니 현을 마주하는 시간이 점점 줄어들 었다. 그래서 알지 못했다. 현이 집에 들어오지 않는 날이 잦다는 것을.

어느 날이었다.

"석기 화공, 안에 있소?"

누군가 밖에서 부르는 소리가 들렸다. 사화서 일을 봐주 는 돌쇠 아범의 목소리였다.

"예, 아저씨. 무슨 일이세요."

석기가 대답과 함께 방문을 열자 돌쇠 아범은 방에 들어 와 작은 소리로 속삭였다.

"저기 태평방에 살구나무집 있잖소?"

"예."

"지금 거기로 가보시오."

"무슨 일로요?"

"얼른 가보래두. 난 전했소."

의아했지만 석기는 돌쇠 아범의 말대로 살구나무집으로 갔다.

길을 걸으며 석기는 자신을 뒤따르는 사내가 있다는 걸 알아차렸다. 다른 사람들이라면 몰라봤을 것이다. 그러나 석기는 한 번 본 것을 잊지 못했다. 며칠 전 분명히 무관의 복장을 하고 있던 사내가 지금은 장사치로 변해 있었다. 그것 말고도 석기의 눈에 띈 다른 하나가 있었다.

평생을 고개 숙이고 살아온 석기였다. 하늘을 우러러보는 건 익숙지 않았다. 하여 많은 이들의 발걸음을 보아왔고 그 사내 특유의 발놀림을 알아볼 수 있었다.

사내의 발걸음은 굶주린 들짐승처럼 날래면서 동시에 믿을 수 없을 만큼 한가로웠다. 하루 벌어 하루 먹고살기 바쁜 저잣거리 민초들의 종종거림과도 달랐고, 날 때부터 급할 일이 없었던 양반들의 한가로움과도 달랐다. 석기는 그 걸음을 머릿속에 새겨 넣었다. 사내는 석기가 살구나무집 마당에 들어서기 전에 바람처럼 사라졌다.

살구나무집에 도착하자 주모가 석기를 방으로 안내했다. 현이 조촐한 술상 앞에 앉아 있었다. 반가운 마음에 석기가 현의 손을 덥석 잡았다.

"현아, 오랜만이다."

"잘 지냈느냐?"

"그럼, 잘 지냈고말고. 그런데 왜 여기서 보자고 했느냐? 사화서로 오면 될 것을."

석기는 대답을 듣지도 않고 현에게 재차 물었다.

"그나저나 몸은 잘 챙기고 있느냐? 요즘 저자의 분위기가 심상치가 않아. 조금 전만 해도……."

"일단 들자."

현이 석기의 말허리를 자르며 음식을 권했다. 그리고 연거푸 탁주 두 사발을 비우고는 잠시 석기를 빤히 보다 천천히 입을 열었다.

"너는 네 그림의 행방이 궁금하지 않니?"

음식을 삼키던 석기는 사레가 들릴 뻔했다.

"그게 무슨 말이야."

"네 그림 말이야. 아버지가 거의 다 가져가시잖아."

석기가 앞에 놓인 탁주를 한 사발 들이켜고 말했다.

"내 그림의 주인은 나리시다."

"네 그림의 주인은 너지 왜 아버지야!"

현이 목소리를 높였다. 그리고 현의 말이 끝나기도 전에 석기도 질세라 소리쳤다.

"어차피 나리 아니었으면 난 붓을 잡지도 못했어."

잠시 정적이 흘렀다. 현이 먼저 입을 열었다.

"얼마 전에 도화서에서 아버지가 나를 은밀히 부르시더니 뭘 주신지 아니? 네가 그린 헌가도였다. 내 그림이 성에 차지 않으셨겠지. 그걸로 바꿔 내라고 하시더구나. 참담했다. 그런데 말이다. 이번이 처음이 아니란 걸 나는 알고 있었다. 도화서에서 시험을 치르고 내 그림이 마음에 들지 않으시면 아버지는 네 그림으로 바꿔치기하셨어."

"그게 뭐 어떻다는 거냐? 너는 내 형제인데."

"어떻다니. 너는 그림을 도둑맞았고, 나는 아버지가 도둑질한 네 그림으로 화원 자리를 지키고 있잖느냐. 이건, 옳지 않아."

"알고 있었어."

"뭐라고?"

"알고 있었다고."

"그런데 왜! 그게 어떤 그림인데! 그깟 화원 자리가 도대체 뭐라고!"

현의 말에 석기가 소반을 주먹으로 내리치며 목소리를 높였다.

"그 그림 때문에 내가 사는 거야!"

둘은 또 한동안 잠시도 눈을 깜빡이지 않고 서로를 바라만 보았다. 이번에 먼저 입을 연 것은 석기였다.

"그림을 그리지 못하면 나는 도대체 무어란 말이냐. 나에게 그림은 이룰 수 없는 걸 이루게 해주는 세상이다. 현실에서 할 수 없는 걸 그림 속에서는 할 수 있어. 그림을 그리는 순간만은 못 갈 곳도, 못 할 것도 없다. 그게 나에게 어떤 의미인지 좋은 집안에서 태어난 너는 상상조차 못 할 거다. 내 어린 시절이 얼마나 지옥 같았는지 아느냐. 부모님과 헤어진 걸 슬퍼할 겨를조차 없었다. 찬밥이라도 한 덩이 얻어먹으려면 하루 종일 일을 해야만 했으니. 한겨울에 산에 가서 잔뜩 곱은 손으로 마른 삭정이를 줍다 보면 손에 잔뜩 생채기가 났고 얼음을 깨고 물을 긷다 동상에 걸리면 손가락 발가락이 얼마나 아프고 가렵던지 그 고단한 중에도 잠을 이루기가 어려웠지. 그런데 지금은 이 손으로 그림을 그려. 더 바라는 건 욕심이야. 네가 날 생각해 주는 것은 고맙다만 나는 그림을 그리게 해주신 나리의 은혜를 잊지 않을 거다."

나리는 종종 석기를 도화서 근처로 불러내었다. 그리고 잠시 잠깐 그림을 보여주고는 똑같이 그리라 명하고 서둘러 도화서로 돌아가곤 했다. 헌가도를 보여주며 똑같이 그리되 더 유려하게 그려내라 했던 그날 밤 명의 연장선이었다.

며칠 간격으로 계속된 나리의 수상쩍은 명이 무엇을 의미하는지 석기가 모를 리 없었다. 나리에게 보낸 그림이 돌아오지 않을 때마다 허전하지 않을 리 없었다. 그렇지만 그때마다 석기는 나리에게 입은 은혜를 되새기려 애썼다. 그러지 않으면 자신의 처지가 더 비참해질 뿐이었으니까. 현은 몰랐다. 자신이 그린 그림의 주인이 나리라고 말하는 석기의 심정을.

현이 아직 할 말이 남았다는 걸 알았지만 석기는 몸을 일으켰다. 방을 나서려는 석기의 등에 대고 현이 외쳤다.

"날 위해 그림을 그려줘."

석기가 걸음을 멈췄다. 그리고 고개를 천천히 돌렸다.

"널 위해 그려달라니? 내 그림은 이미 다 널 위한 것이야."

"아니. 진짜 네 그림 말이다. 나의 낙관이 찍힌 거짓 그림 말고, 너의 낙관이 찍힌 진짜 네 그림을 그려줘."

석기가 옅은 미소를 지으며 고개를 끄덕였다.

"그래, 약속할게."

그렇게 석기가 주막을 나섰다.

혼자 남은 현의 손이 방바닥으로 힘없이 툭 떨어졌다. 한 번도 입 밖으로 낸 적은 없었지만, 현은 하늘이 내린 석기의 재능을 종종 질시했다. 누구보다 석기를 아끼면서도 때로는 바라보는 것조차 힘이 들기도 했다. 그런 자신이 위선자 같아 현은 괴로웠다. 그리고 지금 이 순간 더 그러했다.

현은 석기가 아버지를 원망하기를 바랐다. 분노하기를 바랐다. 그러면 조금은 용기가 생길 것 같았다. 도화서를 그만두겠다고 아버지에게 말할 수 있을 것 같았다. 그런데 어떻게 너는 눈곱만큼의 원망도 품지 않는 것이냐, 현은 참담한 심정으로 물음을 삼켰다.

현은 그대로 한참을 가만히 앉아 있었다.

석기가 허씨 집안 사화서에 들어온 지 벌써 몇 달이 지났다. 그리고 사화서는 점점 더 많은 돈을 벌어들이고 있었다. 도화서 화원 허일의 아들 허현의 그림이 걸작이라는 소문이 짜하게 퍼진 것이다.

달에 두 번, 허씨 집안의 사화서에서는 그림 경매가 열렸다. 사랑채에는 벌써 손님이 가득했다. 경매 진행은 항상 허일이 맡았다.

첫 번째 그림인 '책가도 병풍'이 높은 가격에 낙찰되어 허일은 시작부터 마음이 매우 흡족했다. 책가도는 책장에 자명종 등 진귀한 물건과 책이 가득 꽂혀 있는 그림인데 이제 막 천자문을 배우기 시작한 손자의 방에 두겠다며 어느 관료가 고가에 구입했다.

책가도는 석기가 그린 것이었다. 그러나 그림에 찍힌 낙관은 석기의 것이 아니었다. 병풍에는 현의 낙관이 찍혀 있었다.

허일은 석기의 그림에 아들 현의 낙관을 찍어 팔았다. 사람들은 그런 줄도 모르고 역시 5대째 도화서 화원을 지낸 집안의 장남은 역시 다르다며, 어진화사를 지낸 아비보다 어린 아들의 솜씨가 더 낫다며 그림을 사 가곤 했다. 손님들의 농 섞인 덕담에 허일은 웃음으로 화답했으나 속은 썩어 문드러지는 것 같았다. 그리고 그림들이 정말 현이 그린 것이었다면 얼마나 좋았을까 하고 생각했다.

실은 서너 번쯤 아들 현의 그림을 선보인 적이 있었다. 그때마다 손님들의 반응은 미적지근했다. 그런 반응을 예상하지 못한 것은 아니었다. 다만 아들의 그림에 대한 세간의 평가가 궁금할 따름이었다. 엄격한 아비의 눈에 차지는 못할지라도 세인들의 평가는 다를지도 모른다는 은근한 기대감 때문이었다. 부모란 원래 그렇게 자식에 대해선 어리석어지는 종족들이니.

그러나 마지막 경매 이후로 다시는 현의 그림을 내놓지 않기로 결심했다. 같은 사람이 그린 것이 맞냐는 놀람, 술 마시고 그렸냐는 농담. 그것들이 허일의 자존심을 아프게 후

벼 팠다. 쉬이 잠이 들지 못할 정도였다. 그때를 생각하면 허일은 언제나 입안이 씁쓸해졌다.

두 번째 그림의 경매가 시작되었다. 화조도였다. 그림을 가린 천을 걷어내자 손님들의 입에서 일제히 탄성이 흘러나왔다.

"필체가 화려하고 섬세하여 이제 막 봉오리를 벌린 꽃잎이 물기를 머금은 듯 생생해 보이오."

"새가 막 가지에서 날아오르려 하는 것 같소. 그림 전체에서 힘이 느껴지는구려. 내 생전 이처럼 살아 움직이는 듯한 그림은 처음이오."

손님들이 고개를 끄덕이며 계속 웅성거렸다. 그런데 그때, 누군가 내뱉은 말에 방 안이 순식간에 얼어붙은 듯 고요해졌다.

"이 그림이 정녕 자네 아들이 그린 것이 맞는가? 자네 아들에게 그림자 화원이 있다는 소문이 돌던데?"

목소리의 주인은 도화서 별제 김인수였다.

"그림자 화원이라니, 그게 무슨 말씀이신지요."

허일이 곧 한껏 예의를 차린, 그러나 살얼음처럼 서늘한 목소리로 물었다.

"몰랐는가? 허씨 집안의 그림자 화원에 대한 소문 말일세.

천한 노비 출신이라 하던데."

"당치 않은 헛소문입니다."

허일이 한마디로 잘라 말했다.

"그러한가? 나도 그런 망측한 소문은 믿고 싶지 않네만 자네 아들이 도화서에서 그린 그림과 저 화조도는 워낙 차이가 나서 말일세. 어젠 어린 생도들까지 자네 아들의 그림을 보고는 밀려드는 주문에 피곤하여 이러하냐, 붓 가는 대로 휘둘러 그러하냐면서 신나 떠들더군."

허일은 손톱이 손바닥에 파고들도록 주먹을 꼭 쥐었다. 전부터 허일을 견제해 오던 별제는 오늘 아주 작정하고 온 듯했다.

"아시다시피 도화서는 나라에서 필요로 하는 모든 그림을 담당하는 관청입니다. 격식과 규범을 따라야 하는 기록화와 사사롭게 감흥에 젖어 그리는 그림이 같을 수는 없는 일입니다."

"물론 한 사람이 걸작과 졸작을 모두 내놓는 건 있을 수 있는 일이지. 그렇다 하여도 저 그림은 도저히 내가 아는 한 사람의 솜씨라 보기 어렵군. 허면 이리하면 어떻겠는가?"

사람들은 모두 귀를 바짝 세우며 김인수의 다음 말을 기다렸다.

"내달 열리는 내 생일 연회에 자네 아들이 걸음하여 화사를 벌여준다면 참으로 고맙겠네."

"청은 감사합니다만 화원으로 발걸음을 뗀 지 얼마 되지 않은 녀석입니다. 그런 자리에 가기엔 배움이 많이 부족합니다."

"그저 좋은 자리에 젊은 화원들을 불러 격려하기 위함이라네. 자네 아들이 모두의 눈앞에서 그림을 그려 보인다면 그림자 화원에 대한 소문은 일순간에 사라지지 않겠나?"

허일은 다시금 재주의 부족을 내세워 사양했다. 그러나 김인수는 지지 않았다.

"대단한 것도 아닌데 자꾸 그리 거절하면 오히려 세인들이 이상하게 보지 않겠나? 나는 그런 흉악한 소문이 사실이라고는 절대 믿지 않네. 이참에 여러 사람 앞에서 확실히 해두는 편이 젊은이의 앞날을 밝히는 길이 될 듯하네만. 내 눈으로 확인한다면 앞으로 그런 말을 꺼내는 자는 내가 먼저 앞장서서 용서치 않겠네. 걱정하지 말게. 자네 집안이 어떤 집안인가. 5대를 이어오고 두 명의 어진화사를 배출한 최고의 화원 가문이 아닌가. 다 자네를 부러워하는 이들이 많기에 생긴 소문이 아니겠는가."

김인수는 여유만만한 손짓으로 수염을 쓰다듬었다. 손님

들이 웅성거렸다. 여기서 다시 한번 제안을 거절한다면 허일은 꼴이 아주 우스워질 터였다. 좌중의 웅성거림이 점차 잦아들며 모두의 눈이 허일에게로 쏠렸다. 마침내 허일이 입을 열었다.

"부족한 아이를 불러주심에 감사드립니다. 함께 생신연에 가도록 하지요."

"내 기쁜 마음으로 기다림세."

김인수는 두둑하게 값을 치르고 화조도를 가져갔다.

❁

현이 이야기를 마쳤을 때는 먹지 못하고 남긴 빙수가 다 녹아 있었다.

단비는 한동안 아무 말을 하지 못했다. 무슨 말을 해야 할지 몰라서였다. 단비가 망설이다가 어렵게 말문을 열었다.

"그래서…… 이제 모두 기억해 낸 거야?"

"아니, 더 기억해야 해. 지금까지 떠올린 기억만으로는 그림을 왜 그려야 하는지, 무엇을 그려야 하는지 알아내지 못했거든."

많은 기억이 돌아와서 그런지 현은 부쩍 생각이 많아 보였다. 단비는 현이 심정이 어떨지 차마 짐작조차 할 수 없었다.

14
말할 수 없는 기억

　현과 단비가 문구점에서 다시 만난 건 그날 저녁이었다. 현은 물론이고 단비도 생각을 정리할 시간이 필요했다. 몇 시간 동안 고민만 하던 현은 돌아온 단비에게 대뜸 어려운 질문을 했다.

　"참 이상하지 않아? 영혼이 도대체 뭐길래 그것이 빠져나가면 육체가 허물어지는 걸까?"

　단비도 마찬가지로 현이 어떤 마음일지 내내 고민했지만 쉽게 대답할 수 있는 질문이 아니었다. 그럼에도 단비는 천천히 생각하고 진지하게 현에게 답해주었다.

　"영혼이 사람의 알맹이라 그런 거 아닐까? 알맹이가 빠져나가 쓸모를 다해서 그런 걸지도 모르지. 그런데 너는 한 번 죽어봤는데도 모르는 거야?"

"완전히 죽은 게 아니었으니까. 그냥 하룻밤 자다 일어난 기분이야. 그러고 났더니 157년이 지났다지, 잃어버린 기억 찾아내라지, 천지는 개벽했지, 놀랄 일투성이였어."

"네 인생도 참. 나만큼이나 기구하구나."

누구에게도 말하지 않았지만, 단비가 두려워하는 것이 있었다. 그건 이별이었다.

엄마와의 이별로 단비는 알아버렸다. 이별은 세상이 통째로 뒤집히는 일이었다. 사랑하는 사람과 함께하던 세상이 사랑하는 사람이 사라진 세상으로 바뀌는 건 겪어보기 전엔 가늠조차 할 수 없었다. 엄마와의 이별은 진도 10.0의 대지진처럼 단비의 세상을 뒤흔들었다. 강진과 여진이 반복되는 삶은 아프고 고달팠다.

단비는 밤이 무서웠다. 자다가 눈을 뜨면 코앞에서 마주보이는 어둠이 무서웠다. 어둠은 네가 세상에서 가장 사랑하는 사람이 사라졌다고 쉬지 않고 속삭여댔다. 뼛속까지 차갑게.

그 무서움을 알아버렸기에 단비는 이별의 횟수를 최대한 줄이기로 마음먹었다.

해결책은 간단했다. 함수의 x에 아무것도 입력하지 않으면 결괏값 y도 나오지 않는다. 사랑하는 사람을 만들지 않으면 이별이란 결괏값도 나오지 않을 것이다. 누구도 마음속에 품지 않으면 되는 것이다. 그래서 그렇게 노력해 왔다.

그런 단비에게 예상하지 못한 두 번째 이별이 다가오고 있었다. 현과의 이별이었다. 그리고 그 이별이 두려워질 거라고는 더욱 예상하지 못했다. 살아있는 사람이 아닌데, 떠날 줄 알고 있었는데, 두려울 리 없을 줄 알았다.

소용돌이치던 단비의 마음속에서 담겨 있던 말 하나가 불쑥 튀어나왔다.

"엄마한테 미안한 게 너무 많아. 그런데 미안하다고 말할 기회가 이제 없다는 게 너무 무서워. 그래서 가끔 잠이 안 와."

현이 고개를 가로저었다.

"그러지 마. 단비야. 엄마는 네가 있는 것만으로도 행복하셨을 거야. 네가 자책하고 힘들어하는 게 엄마한테 더 미안한 일 아닐까? 너에게 너무 엄격하게 굴지 마. 네 일이 아닌 것처럼, 마치 남의 일인 것처럼 조금만 멀리 떨어져서 봐봐."

현의 말에 단비는 마음이 조금 편안해졌다. 단비가 쓸쓸하게 웃었다.

"엄마가 돌아가시고 가장 후회한 게 뭔 줄 알아?"

"뭐였어?"

"가족사진 하나 찍지 못한 거야. 집집마다 하나씩 걸려 있는 가족사진이 우리 집에만 없어. 엄마가 몇 번 찍자고 했는데 뭐가 그렇게 바쁘다고 사진관도 한번 못 갔어."

단비의 커다란 눈에 눈물이 그렁그렁 맺혔다.

"엄마 사진 갖고 있어?"

현은 눈물을 보지 못한 것처럼 밝은 목소리로 물었다. 단비가 눈물을 닦고 지갑에서 엄마 사진을 꺼내 보여주었다.

"무척 고우시구나."

"거짓말 마라. 우리 엄마 솔직히 예쁜 얼굴은 아니거든."

"라테는 이런 상이 미인이었느니."

"너 편의점 사장님이랑 그만 놀아. 자꾸 이상한 말만 배우고. 하긴, 미의 기준은 시대에 따라 바뀌니까. 어쩐지 네가 날 돌 보듯 하더라."

"너는 도무지 부끄러움이란 걸 모르는구나."

현과 농담을 주고받다 보니 구동하와 남궁경빈이 생각났다. 어느 날 남궁이가 학교에 오자마자 단비에게 말했다.

"단비야, 오늘부터 동하랑 나 다시 1일이다. 누적으로는 318일이고."

"안물안궁."

"축하 좀 해주면 안 돼?"

"축하는 무슨. 양심 좀 있어봐라. 그런데 너희는 왜 그렇게 만났다가 헤어졌다 하는 거야? 안 힘들어?"

"힘들어. 근데 안 만나면 더 힘들어. 보고 싶고."

"네 자존심은?"

"좋아하는데 자존심을 왜 챙겨? 싸운 건 싸운 거고 좋아하면 용서해 줘야지."

대책 없어 보이는 남궁이의 말에 단비는 이상하게 마음이 편안해졌던 기억이 났다. 어쩌면 이별을 두려워하고 피하기만 했던 자신보다 남궁이가 더 현명한 걸지도 모른다는 생각이 지금 들었다.

그때 현이 뭔가 생각났다는 듯 눈을 크게 뜨고 말했다.

"우리 그거 찍자. 인생네컷."

단비가 입을 삐죽거렸다.

"사진에 나오지도 않으면서."

"내가 알아서 할 테니까. 찍자."

단비는 못 이기는 척 끌려갔다. 둘은 무지개 가발과 꽃 모양 선글라스를 쓰고 아무 걱정거리가 없는 사람들처럼 온갖 포즈를 취하며 사진을 찍었다.

단비가 사진을 출력했다. 역시나 사진 속에 현은 없었다. 단비만 이런저런 포즈를 취하며 홀로 서 있고 단비 옆에 가발과 선글라스만 사진에 스티커를 붙여놓은 듯 공중에 동동

떠 있었다.

사진을 건네받은 현은 테이블에 앉아 품에서 0.05mm 유성 드로잉 펜을 꺼내더니 자신의 모습을 세밀하게 그려 넣었다. 단비는 현의 섬세한 손길을 가만히 지켜보았다. 그림을 다 그리고 현이 사진을 들이밀었다.

"봐. 똑같지?"

단비는 사진을 들여다보았다. 정말이지 믿을 수 없을 만큼 섬세한 그림이었다. 슬며시 미소가 피어올랐다.

"치, 인정. 잘 그리긴 했네."

현이 단비에게 사진을 건넸다. 그때 현과 단비의 손이 또 한 번 스쳤다. 현은 강렬한 기억에 깨질 듯한 머리를 감싸쥐었다.

단비는 건네받은 사진을 단비 다이어리에 붙이느라 그런 현의 모습을 보지 못했다.

김인수가 다녀간 후 허일의 낯빛은 잠시도 밝아질 틈이 없었다. 입맛이 싹 사라질 지경이었다. 이 사태를 어떻게 넘길 것인가, 생각하고 또 생각해도 답을 찾을 수 없는 나날이 이어졌다. 그러나 삶은 때로 한 치 앞을 예상 못 할 방향으로 흘러가기도 하는 법. 현은 뜻밖의 일로 별제의 연회에 가지 못했다. 약속한 연회 이틀 전, 좌포청 포교들이 집에 들이닥쳐 현을 데려간 것이다. 천주교도를 도왔다는 죄목이었다.

허일은 한바탕 소란과 광풍이 휩쓸고 지나간 자리에 주저 앉아 한동안 일어서지 못했다. 그리고 조선에 천주학이 들어온 이래 수차례 있었던 끔찍한 박해를 떠올리며 몸서리쳤다. 또다시 피바람이 불게 될 것인지 두려워하면서도 고개를 가로저었다. 현이 천주교도라니, 그럴 리가 없었다.

화구통에 백서*를 넣어 운반을 도왔다는 죄목이었다. 모진 고문을 이기지 못한 한 여종이 현을 지목한 것이다. 여종은 평소 윤성일의 집에 자주 찾아온 화원이 백서 운반책이라 자백했다. 그리고 윤성일의 집에 자주 드나든 화원은 허현뿐이었다.

현은 천주교도는 아니었으나 그들과 친하게 지내왔다. 특히 역관 윤성일과 막역한 사이였는데 그가 집에 청국 신부를 숨겨주고 포교를 돕고 있다는 것을 알고 있었다. 윤성일은 미사를 집전할 장소를 제공하기도 하고, 청국 선박과 접

* 비단에 쓴 글. 또는 글이 쓰인 비단.

216

촉하려는 신부에게 배를 빌려주기도 했다. 윤성일의 집에 포졸들이 도착했을 때, 그는 자신이 청국 신부인 척해서 대신 잡혔고 그 틈에 신부는 피신할 수 있었다. 극비리에 이루어진 급습이었으나 신부의 행적은 묘연했고 그의 행방을 묻는 모진 고문에도 윤성일은 끝내 입을 열지 않고 숨을 거두었다.

봄의 초입이었다. 그러나 가을인지 초겨울인지 계절을 가늠할 수 없게 온통 회색빛 공기로 무겁게 눌린 날이었다. 건조하고 차가운 바람이 아직 여린 새잎을 내지 못한 앙상한 나뭇가지와 흐트러진 현의 머리카락과 풀어 헤쳐진 옷자락을 거칠게 쓸고 지나갔다.

현은 옆에 있는 한 천주교도가 처절하게 내지르는 소리를 온몸으로 고스란히 맞았다. 손끝까지 저릴 정도로 신경을 곤두서게 만드는 비명이었다. 그의 비명은 꼭 자신이 내는 것만 같았다. 그 끔찍한 비명을 듣지 않을 수만 있다면 무엇이든 하고 싶었으나 눈을 감는 것 말고는 달리 할 수 있는 것이 없었다.

백서에는 신부가 북경 교구에 조선의 상황을 보고하고 도움을 요청하는 내용이 적혀 있었다. 작은 비단 천에 깨알 같은 글자가 천 자 넘게 빼곡히 적힌 백서는 조정 대신들이 보기에 충분히 위험하고 방자했을 것이다.

"이 백서가 네 화구통에 버젓이 들어 있었다. 네가 운반책인 것이냐."

포도대장이 서슬 퍼런 목소리로 현에게 물었다.

"그렇소."

"백서의 내용이 불경하기 짝이 없다. 읽어보았느냐?"

"읽어보지 않았소."

"너는 천주교도냐?"

"아니오. 그러나 그들이 죄인이라고도 생각하지 않소. 나 또한 묻고 싶소. 혹독한 형벌은 법으로 금지되어 있거늘, 저들은 백성이 아니오? 어찌 사람이 사람에게 이리 끔찍한 짓을 한단 말이오."

포도대장은 대답 대신 턱짓으로 형리에게 매질을 지시했다. 현은 끊임없이 몸으로 쏟아지는 몽둥이질에 뼈가 부러질 듯한 고통으로 숨이 콱 막혔다. 흙바닥에 어깨와 머리를 부딪치며, 현은 두 눈을 꽉 감았다. 천주교도들을 심문할 때 포도청이 형조보다도 매질을 심하게 하고, 모진 형신으로 죽는 신자들이 많다더니 정말인 듯했다. 좌포청과 우포청의 옥에서 교수형이나 백지사형을 받아 순교한 신자들의 수가 형장에서 참수형이나 효수형을 받아 순교한 신자들보다 훨씬 많다는 말도 떠올랐다.

포도청에서의 형벌은 법으로 엄격하게 규정되어 있었다. 그러나 천주교도들에게는 법 이외의 형, 남형이 자주 이뤄지곤 했다. 천주교도가 아니라 했기에 살점이 너덜거리고, 달군 쇠로 살이 타들어 가고, 뼈가 부러지는 고통까지는 당하지 않았으나 모진 매질로 순식간에 몸이 부어오르고 피가 튀었다. 잠시도 정신을 차릴 수 없을 지경이었다.

흠씬 두들겨 맞은 뒤 정신을 잃고서야 현은 옥에 갇혔다.

얼마나 시간이 흘렀을까.

새벽 어스름, 의식이 들기도 전에 온몸이 욱신거리는 통증이 먼저 찾아왔다. 부어오른 눈을 무겁게 뜬 현은 아픈 줄도 모르고 몸을 벌떡 일으켰다. 눈앞에 아버지 허일이 앉아 있었기 때문이다. 허일은 지난밤 좌포청에 찾아와 자신이 천주교도라고 거짓 자백을 하고 스스로 옥에 갇혔다. 아들을 만나기 위해서였다.

"아버지, 여길 어떻게……. 왜 여기 계신 거예요."

"몸은 괜찮으냐?"

현의 입에서 깊은 탄식이 흘러나왔다.

"여기 계시면 안 돼요!"

"걱정 마라. 너는 네 몸만 생각해라. 그리고 내일이면 우리 둘 다 여길 나갈 수 있을 게다."

아버지의 말에 현은 왠지 모를 불안이 스멀스멀 피어오르는 걸 느꼈다.

날이 밝자 다시 신문이 시작되었다. 포도대장이 자리에 앉기도 전이었다. 허일이 소리 높여 외쳤다.

"제 아들은 아무 죄가 없습니다. 그 화구통은 아들놈의 것이 아닙니다. 저희 집안 사화서 화공의 것입니다."

그제야 현은 간밤에 느낀 불길함의 정체를 깨달았다.

"여기에 이렇게 네 아들의 이름이 떡하니 쓰여 있는데 무슨 소리냐!"

포도대장이 물었다.

"제 아들놈은 퇴청 후에 화공 소석기와 화구통을 바꿔 사용하곤 했습니다. 우리 집 하인들이며 화공들, 이웃까지 모두 아는 사실입니다. 그러다 얼마 전부터는 석기가…… 낮이고 밤이고 아들놈의 화구통을 들었습니다. 백서가 들어 있던 바로 그 화구통 말입니다. 못 믿으시겠다면 화구통에 들어 있는 낙관을 봐주십시오. 그것은 석기의 낙관이옵니다."

포도대장은 허일의 말에 석기와 돌쇠 아범, 그리고 사화서 화공 몇을 불러들였다.

포도대장의 물음에 돌쇠 아범과 화공들은 부들부들 떨면서 하나같이 근래에는 석기가 현의 화구통을 들고 다녔다고 대답했다. 허일과 미리 입을 맞춘 게 틀림없었다.

"저 화구통을 근래에 네가 들었느냐?"

포도대장이 마지막으로 석기에게 물었다.

"그, 그렇습니다. 예전부터 자주 그리해 왔습니다."

석기가 하얗게 질린 얼굴로 대답했다. 포도대장이 화구통에서 낙관을 꺼내 들고 이어 물었다.

"낙관에 새겨진 네 호가 무엇이냐."

"자줏빛 노을, 자하이옵니다."

석기가 침을 꿀꺽 삼키고 대답했다.

"지금 무슨 소리를 하는 거야! 아닙니다. 모두 거짓입니다. 화구통을 자주 바꿔 든 건 맞사오나 이번엔 아닙니다."

현이 몸부림치며 울부짖었다.

포도대장은 누구 말을 믿어야 할지 난감했다. 분명 백서가 나온 화구통에는 현의 이름이 적혀 있었다. 하지만 석기의 낙관이 들어 있었고 증인도 있으니 화구통을 자주 바꾸어 든 것도 사실인 듯했다. 그러나 모두 정황일 뿐, 백서를 옮긴 이가 누구인지 밝힐 만한 뚜렷한 증좌는 없었다.

그때 석기가 몹시 떨리는 목소리로, 그러나 커다랗게 외쳤다.

"제가 증명해 보이겠습니다."

골머리를 앓던 포도대장이 석기의 말에 눈을 번쩍 떴다.

"어떻게 증명하겠단 말이냐?"

"백서에 적힌 내용을 그대로 적어내겠습니다."

"천 자가 넘는데 그대로 적을 수 있다는 말이냐?"

"그렇습니다. 그러니 그것으로 증좌가 되지 않겠습니까?"

포도대장은 자세를 고쳐 앉았다. 그리고 지필묵을 대령하라 일렀다. 석기는 보았다. 지필묵을 들고 오는 사내의 날랜 발걸음을. 분명 제 뒤를 밟던 그 사내였다.

석기는 숨을 한번 크게 쉬고는 단번에 천 자가 넘는 글자를 적어 내려갔다. 석기가 붓을 내려놓자 포도대장이 직접 백서와 비교했다. 한 글자도 틀림이 없었다.

포도대장의 추상같은 명령에 석기는 옥에 갇혔고 현과 허일은 풀려났다. 석기는 옥으로 끌려가며 현을 바라보았다. 그러나 현은 울부짖느라 석기의 입가에 안도의 미소가 어린 것을 보지 못했다.

집으로 돌아온 후 현은 식음을 전폐했다. 의원의 방문도, 탕약도 모두 거부했다.

허일은 아들이 목숨을 건졌다는 사실에 안도하는 한편, 황금알을 낳는 거위 같았던 석기를 잃은 게 안타까웠다. 아주 잠시 본 백서를 그대로 적어내다니, 아무리 생각해도 아까운 재주였다.

허일은 눈을 감고 며칠 전 그날의 기억을 떠올렸다.

현이 잡혀간 날, 석기가 허일을 찾아왔다. 허일이 말을 꺼내기도 전에 석기가 먼저 뜻밖의 제안을 했다. 자신이 현 대신 죄를 뒤집어쓰겠다는 것이었다. 허일은 살았구나 싶으면서도 짐짓 머뭇거렸다.

"그럴 순 없다. 내 어찌 너를."

"그리하게 해주십시오."

"그것이…… 가능하겠느냐? 네가 그리해 준다면 현이도 무척 고마워할 게다. 그렇지 않아도 내심 네 도움을 바라는 것 같았느니라."

허일은 현이 하지도 않은 말을 넌지시 덧붙였다. 허일의 말에 석기의 얼굴에는 아주 잠시 서운한 빛이 어렸다가 사라졌다.

"어르신은 한 가지 일만 해주시면 됩니다."

석기가 낮고 단단한 목소리로 말했다.

밤이 깊어지자 허일은 석기와 함께 포도청 뒷문으로 향했

다. 밤 그늘만 딛는 은밀한 걸음이었다. 문을 세 번 두드리
자 포졸 하나가 주위를 두리번거리며 나왔다.

"서두르시오. 얼른 가져다 놔야 하오. 잘못하다간 내 목이
달아난단 말이오."

"알겠으니 재촉 좀 하지 마시오."

석기는 포졸이 내민 백서를 훑은 뒤, 허일에게 고개를 까
딱해 보였다. 석기는 화구통에서 현의 낙관을 꺼내 허일에
게 건네고, 소맷자락에서 자신의 낙관을 꺼내 포졸에게 내
밀었다.

"이것을 화구통에 넣어주시오."

포졸이 낙관을 받아 들자 허일이 포졸에게 엽전 뭉치를
건넸다. 그리고 그 길로 포도청에 가서 거짓 자백을 해서 갇
혔다. 그렇게 화구통을 석기가 들었다고 거짓 증언을 했던
것이다.

얼마 후, 석기가 옥에서 숨을 거뒀다는 소식이 들려왔다.

그날 밤, 현은 자리에 누웠다가 다시 벌떡 일어나 앉아 큰
숨을 내뱉었다. 아주 잠깐이지만 꿈을 꾼 것이다. 꿈에서 현

은 끔찍한 원귀가 된 자신의 모습을 보았다. 어디서도 환영받지 못하고, 사람들에게 해를 끼치는 원귀의 모습은 너무나 추했다.

현은 뛰는 가슴을 진정하려 애쓰며 두 손으로 얼굴을 덮었다. 오늘 두 번째로 떠오른 새로운 기억은 단비에게 말하지 않았다. 그러기엔 너무나도 참혹한 기억이었으니까.

진땀을 흘리던 현은 화구통에서 미완성 그림과 화구를 꺼냈다. 그런 다음 지금까지 떠오른 모든 기억을 돌이키며 그림을 그리려 애썼다. 그러나 아무리 애써도 그림을 그릴 수가 없었다. 마치 누군가 억지로 팔을 잡아당기기라도 하는 것처럼, 붓을 든 손이 정지 화면처럼 움직이지 않았다. 현의 이마에 송골송골 땀이 맺혔다.

결국 붓을 내려놓았다. 그리고 깨달았다. 모든 것을 기억해 내기 전에는 절대 그림을 완성할 수 없다는 것을.

현은 다시 자리에 누워 남은 날을 헤아리다 더 깊은 좌절에 빠지고 말았다.

15
그림자 화원

이른 저녁, 학원가 뒷골목에서 단비와 우주가 마주 섰다. 단비가 우주를 불러낸 것이다. 전에 현이 단비에게 어쩌면 우주에게도 나름의 이유가 있을지도 모른다고, 서로 오해가 있을 수도 있으니 직접 물어보는 게 어떻겠냐고 한 다음부터 단비는 우주를 한번 만나봐야겠다고 생각해 왔다.

가만히 있어도 등줄기에서 땀이 주르륵 흘러내릴 정도로 무더운 날이었다. 하지만 뿜어져 나오는 긴장감으로 둘이 있는 곳에만 파랗고 서늘한 공기가 흐르는 것 같았다. 먼저 정적을 깬 건 단비였다.

"궁금해. 나한테 이렇게까지 하는 이유가 뭐야? 처음에는 너한테 화가 많이 났는데 이제는 궁금해. 네가 괜히 그러는 건 아닐지도 모른다는 생각이 들어."

"네가 기억할 거라고는 기대 안 했지만, 정말 기억 못 하나 보네."

"역시 무슨 일이 있긴 있던 거지? 말해 줘. 내가 잘못한 게 있으면 사과할 테니까."

"이제 와서 사과하겠다고?"

"내가 사과할 일이라면."

우주가 기가 차다는 듯 한쪽 입꼬리를 올렸다.

"너한테 왜 그런 친절까지 베풀어야 하는지 모르겠다. 그래, 전혀 모르는 것 같으니까 얘기해 줄게. 중3 때 미술 대회 나갔던 거 기억나?"

당연히 기억한다. 단비가 그날을 잊을 리가 없다.

전국 중학생 미술 대회가 있는 날이었다. 한 달 전에 미리 접수한 대회였지만 단비는 가지 않으려 마음먹고 있었다. 엄마 상태가 점점 나빠졌기 때문이다.

대회 전날, 학교를 마치고 단비는 한달음에 엄마에게 달려갔다. 병실에 갔을 때 엄마는 침대를 세우고 앉아 창밖을 내다보고 있었다. 단비는 엄마와 이야기할 수 있어 기뻤다. 그때쯤 엄마와 마주 보고 이야기하기란 쉽지 않은 일이었으니까.

엄마와 단비는 마치 그곳이 병원이 아닌 것처럼 대수롭지
않은 이야기를 주고받았다. 참으로 아무렇지 않은 봄날 오
후였다.

엄마가 단비에게 서랍을 열어보라고 했다. 거기엔 작고
귀여운 다이어리가 하나 들어 있었다.

엄마는 '다꾸'가 취미였다. 연말이 되면 심사숙고 끝에 다
이어리를 고르고 온갖 현란한 색상의 펜과 스티커, 마스킹
테이프 등을 사서 꾸미고 1년 내내 어디를 가든 들고 다녔
다. 그런데 알고 보니 그건 엄마의 다이어리가 아니었다. 단
비를 위한 '단비 다이어리'였다. 엄마 없이 세상을 살아가야
하는 단비가 엄마가 필요할 때 펼쳐볼 수 있게 준비해 둔 것
이었다. 아마 오랜 시간 동안 한 줄 한 줄 고민하며 준비했
을 것이었다. 단비가 솟아나려는 눈물을 누르며 괜히 툴툴거
렸다.

"뭐야. 아픈데 뭐 하러 이런 걸 만들었어."

"막막하거나 아빠한테 물어보기 어려운 거 있을 때 보라
고. 이 다이어리가 엄마 대신이야. 생각날 때마다 틈틈이 적
었는데 빠진 건 없는지 걱정되네."

단비가 다이어리를 열어보았다. 첫 페이지 1번을 보고 단
비는 참았던 눈물을 쏟고야 말았다.

'누구보다 단비 자신을 1순위로 생각하기.'

엄마가 울음을 멈추지 못하는 단비의 등을 쓰다듬었다.

"내일 미술 대회 있는 날이지?"

"안 나갈 거야."

"1번 보고도 그 소리가 나와? 나가. 나가서 열심히 그려서 상도 받고 친구들한테 자랑도 해. 엄마 때문에 네가 하고 싶은 거 참지 마. 세상 모든 걸 경험하고 누리고 살아. 그게 엄마 소원이야. 엄마가 늘 뒤에 있는 다른 아이들처럼."

엄마가 단비에게 마지막으로 한 간곡한 부탁이었다.

결국 단비는 다음 날 대회에 나갔다. 그리고 단비가 공원에서 그림을 그리던 그 시간, 엄마는 세상을 떠났다. 아빠가 단비를 부르려고 했지만, 엄마는 끝까지 아빠를 말렸다고 했다. 자기 때문에 단비가 인생을 조금이라도 빼앗겨서는 안 된다면서.

단비는 후회했다. 후회하고 또 후회했다. 왜 한 번 더 안아주지 못했을까? 왜 한 번 더 사랑한다고 말하지 못했을까? 왜 엄마의 마지막을 함께하지 못했을까?

학교로 금상 상장이 전달됐을 때 단비는 뚜벅뚜벅 교실 뒤로 걸어가 상을 쓰레기통에 버렸다. 선생님이 놀라서 나무라자 단비가 떨면서 말했다.

"선생님. 이건 쓰레기예요."

단비의 말은 아이들의 입을 통해 퍼져나갔고 우주의 귀까지 들어갔다. 단비가 모르는 사이에.

우주의 말에 단비가 기억을 떨쳐냈다. 우주의 목소리는 가늘게 떨리고 있었다.

"그때 나는 그 대회 나가려고 잠도 줄여가며 준비했어. 그때나 지금이나 나한테는 그림 하나밖에 없어. 하지만 너는 다 가졌잖아. 네가 절실하지 않은데 대회 나간 거? 그럴 수 있어. 나에게 타고난 재능이 없는 거? 그것도 괜찮아. 난 그림을 사랑하고 최선을 다했으니까. 그런데 그런 말은 하지 말았어야지. 겨우 입선한 내 그림은, 죽을 만큼 노력한 나는 그림 쓰레기보다 못하단 말이잖아. 너는 나와 내 그림을 짓밟았어! 친구에게 네가 한 말을 전해 듣고 나는 한동안 붓을 들지 못했어. 당연히 예고도 떨어졌고. 그러다 겨우 다시 마음 잡았는데 네가 또 내 주위에서 맴돌더라. 왜 그래? 왜 항상 나를 괴롭게 해? 더 비참한 건 넌 여전히 날 안중에도 두지 않는다는 거야."

단비는 한 대 맞은 것 같았다. 전혀 생각하지 못했던 일이었다. 어쩔 줄 몰라 하는 단비의 입에서 다급하고 어설픈 사과가 튀어나왔다.

"미안해, 장우주. 정말 많이. 아, 뭐라고 사과해야 할지 모르겠다."

우주는 놀랐다. 그리고 예상하지 못한 사과를 어떻게 받아들여야 할지 몰랐다. 단비가 평소대로 자신이 한 말을 조목조목 받아칠 거라 단단히 준비하고 있던 터였다. 그게 왜 내 잘못이냐고 따져 물을 줄 알았다. 그런데 이렇게 쉽게 사과하다니. 뱃속에서부터 다시 화가 부글거리며 솟아오르려는데 단비가 엄마의 일을 모두 털어놓기 시작했다.

단비는 힘들었지만, 끝까지 이야기했다. 그리고 다시 사과했다.

"몰랐어. 너에게 상처 준 거 정말 미안해. 네 말 듣고 보니까 내가 정말 미웠겠다. 그런데 내가 그 말을 한 건 그 상이나 누군가를 무시해서가 아니야. 그날 정말로 내가 쓰레기처럼 느껴져서 그런 거야. 조금은 이해해 줄 수 있어? 그때는 고작 그림 그리겠다고 인사도 못 하고 엄마를 떠나보낸 내가 정말 미웠어. 그런데 내가 왜 아무렇지 않은 것처럼 학교 다닌 줄 알아? 열심히 살아야 그 순간이나마 힘든 걸 잊을 수 있으니까."

우주는 아무 말도 하지 않고 그 자리에 박힌 듯 서 있었다. 그리고 가슴속에서 휘몰아치는 감정을 차곡차곡 정리하려 애썼다.

우주는 그동안 단비를 향해 끝없이 솟아나는 질투에 괴로웠다. 갖고 태어난 것이 많고, 무엇이든 쉽게 얻고, 인생에 걸림돌이라고는 없는 줄 알았다. 항상 당당하고, 가끔은 건방져 보이기까지 한 단비에게 이런 아픔이 있는 줄은 꿈에도 생각하지 못했다.

우주는 자신이 단비의 한쪽 면만 보고 전체 모습을 마음대로 그렸다는 것을 깨달았다. 어쩌면 욕심만큼 따라주지 않는 자기 자신에게 화가 났던 걸 마음껏 단비를 미워하며 전가했는지도 몰랐다.

북받쳐 오르는 감정으로 단비가 결국 눈물을 보이고 말았다. 우주는 그런 단비를 보고 한숨을 쉬더니 가방에서 티슈를 꺼내 내밀었다.

"정말 밉다. 표단비. 이렇게 또 날 이겨버리네."

단비가 티슈를 받아 들었다.

그날 밤도 단비는 마감하러 문구점에 갔다. 어딘가 후련해 보이는 단비의 얼굴을 보고 현이 말했다.

"너 오늘 무슨 일 있었구나."

"어떻게 알았어?"

"못난이가 예뻐져서."

"뭐?"

단비가 장난스레 인상을 찌푸렸다.

"얼굴이 편안해 보여."

현은 그렇게 말하고서 웃었다. 단비도 그제야 슬머시 웃어 보였다.

단비는 우주와 있었던 일을 현에게 이야기했다. 현은 가만히 이야기를 듣다가 뭔가 생각난 듯이 단비에게 손을 내밀었다.

"단비야, 잠깐만. 손 좀."

현이 눈을 감고 오른손으로 단비의 손을 잡았다. 현이 왜 그러는지 알기 때문에 단비는 그대로 가만히 있었다.

그리고 바로 그 순간, 현의 왼손은 단비가 보지 못하는 또 다른 존재의 손을 잡고 있었다. 저승사자의 손이었다.

잠시 후 현이 눈을 떴다. 그리고 현의 눈에서 뜨거운 눈물이 흘렀다.

"마지막 기억은 너로 완성해야만 하는 것이었구나."

현이 허공에 대고 말했다. 현의 목소리에 저승사자가 조용히 자리를 떴다.

"무슨 일이야? 혹시 이제 전부 기억났어?"

단비가 놀라서 물었다. 현은 눈물을 닦으며 고개를 끄덕였다.

"그래. 다 기억났어. 이제 그림을 그릴 수 있을 것 같아."

단비의 심장이 쿵 내려앉았다. 기뻐해야 할지, 슬퍼해야 할지, 몰랐다.

현이 157년 전에 있었던 현과 석기의 마지막 이야기를 시작했다.

시간이 흐르면서 현은 조금씩 몸을 회복했다. 현은 석기가 죽은 후에도 해가 뜨고 진다는 것이, 자신이 밥술을 넘긴다는 것이 원망스러웠다.

현의 깊은 상심은 안타까웠으나, 허일은 이대로 일이 끝나는구나 싶어 안도했다. 아들과 집안을 구했다는 사실에 가슴이 벅차오르기까지 했다. 그렇게 시간이 흘러갔고, 다시 평온한 날이 계속될 줄만 알았다.

어느 날, 허일은 밖에서 들리는 비명에 놀라 황급히 방문을 열었다. 그리고 눈 앞에 펼쳐진 끔찍한 장면에 새된 비명을 내지르고 말았다.

현의 오른손이 피를 뚝뚝 떨어뜨리며 발작하는 것처럼 흔들리고 있었다. 왼손에 쥔 낫으로 보아 스스로 오른손을 찍은 것이 분명했다.

"이놈아! 화원이, 화원이, 손을……. 뭣들 하느냐! 어서 의원을 불러라!"

"이것만이 길입니다."

현이 비틀거리며 말했다.

"뭣이라고?"

"제가 손을 잃는 것만이 아버님의 미련을 접게 만드는 길인 것입니다."

허일의 표정이 순식간에 차가워졌다.

"고작 그것이 이런 짓을 벌인 연유란 말이냐? 이 아비가 미워서?"

"저는 다시는 그림을 그리지 않을 것입니다. 왼손으로 그리라 하시면 왼손을 찍을 것입니다. 발로 그리라 하시면 두 눈을 도려낼 것입니다."

"5대째 이어온 양주 허씨 집안의 명맥을 네놈이 스스로 끊어버리겠단 것이냐?"

"그것이 사람의 목숨보다 중합니까?"

"그렇다! 적어도 나는 그렇다! 우리 집안을 위해서라면 이 목숨도 내놓을 수 있다!"

허일이 절규했다. 현도 따라 소리쳤다.

"그럼 아버지는 그렇게 하십시오!"

"뭐라?"

"석기는 제 형제나 마찬가지였습니다. 그깟 그림이 사람 목숨보다 중합니까? 집안의 명예가 형제보다 귀합니까?"

"누가 형제란 말이냐! 그 천한 노비가 어찌 네 형제란 말이냐!"

아비의 무정한 말에 현은 비참하고 비통하여 속이 뜨거워졌다.

"어떻게 그러실 수가 있습니까. 그리 양반들의 무시에 치를 떨면서 어찌 그들과 똑같은 짓을 하시는 겁니까? 그러하면 그들과 다를 것이 무엇이란 말입니까."

그제야 허일은 말문이 막혔다.

"제가 왜 천주교도들을 도운 줄 아십니까? 그들의 말이 틀린 것이 하나도 없었기 때문입니다. 어찌 사람이 높고 낮음이 있을 수 있단 말입니까? 저는 제가 선택하지도 않은 신분 따위에 놀아나고 싶지 않습니다."

허일은 현의 말이 끝나기도 전에 현에게 달려들었다. 낫을 빼앗으려는 것이었다. 그러나 그보다 빠르게 현이 제 눈 가까이 낫을 들이댔다.

허일이 급히 멈춰 섰다. 등줄기에 찌릿하게 소름이 돋고 이마에는 송골송골 땀이 맺혔다. 허일이 현을 진정시키려 간절하고도 떨리는 목소리로 말했다.

"알았다. 알았어. 내가 잘못했다. 알았으니 이제 그만하거라. 제발."

현은 덜덜 떨면서도 낫을 든 손을 내려놓지 않고서 침을 한번 꿀꺽 삼켰다.

"아니요. 저는 압니다. 아버지는 결단코 멈추지 않으실 겁니다."

현은 주저 없이 뜨거운 눈물이 흐르는 자신의 왼쪽 눈에 스스로 낫을 밀어 넣었다. 울부짖는 허일의 비명이 멀리 울려 퍼졌다.

몸이 어느 정도 회복된 뒤, 현은 집을 떠났다. 그리고 가장 먼저 석기의 무덤으로 향했다.

옥에 갇히고 며칠 지나지 않아서 모진 형신으로 너덜너덜해진 석기의 시신은 묻히지도 못한 채 버려졌다. 소식을 들은 현은 사람을 시켜 시신을 수습하고 정성껏 봉분을 쌓도록 했다. 아직 떼*가 자리 잡지 못한 황토빛 무덤 앞에서 통곡하던 현은 누군가 다가오는 걸 느끼고 고개를 들었다.

"신부님."

포도청과 의금부에서 쫓는 청국 신부가 현을 내려다보고 있었다. 신부의 옆에는 한 사내가 함께 서 있었다. 어디서 본 듯 낯이 익은 사내였다.

신부가 현에게 돌돌 말린 종이 한 장을 내밀었다.

"석기 형제가 당신에게 주려고 그리던 그림입니다."

현이 종이를 폈다. 완성되지 못한 그림이었다. 백마 한 마리가 노을 지는 너른 들판을 달리고 있었다. 그리고 높은 바위 위에서 한 젊은 사내가 그 모습을 그리고 있었다. 현은 석기가 어떤 그림을 그리려던 것인지 알 것 같았다.

석기는 현과 자신의 꿈을 그림 속에서 이루려 했다. 자유롭게 넓은 세상을 누비는 현과 마음껏 그리고픈 그림을 화폭에 담는 석기의 꿈. 그것은 죽음으로 인해 미처 지키지 못한 약속의 그림이었다.

"석기 형제가 옥에서 숨을 거두기 전 이런 말을 했다 합니다. 허현 형제와의 약속을 지키지 못해 애통하다고요. 또한,

---

* 흙이 붙은 상태로 뿌리째 떠낸 잔디.

그림 속이 아닌 꿈꾸던 진짜 세상에서 아주 잠시라도 살아 보고 싶다고요."

석기는 천주교도였다. 신 앞에서는 신분에 상관없이 모두가 평등하다고 말하는 천주교를 접하고 석기는 세상이 뒤집히는 것 같은 충격과 광명을 만났다. 그 충격은 차고 맑은 새벽 첫 우물물과도 같이 석기의 오랜 갈증을 풀어주었다. 양반에게 핍박받던 백성들, 남편의 말에 무조건 복종해야만 했던 여인들, 짐승보다 못한 취급을 받던 천민들. 그들과 함께 역관 윤성일의 집에서 노소와 신분에 가릴 것 없이 교리를 배우고 미사를 드릴 때마다 감격과 기쁨으로 벅차올랐다. 화구통에 백서를 숨겨 운반을 돕겠다고 자청한 것도 석기였다.

현은 석기가 천주교도라는 걸 진즉 알고 있었다. 그래서 그동안 수차례 들킬 뻔한 석기를 몰래 돕는 한편 역관 윤성일과 더욱 깊은 친분을 쌓았다. 석기를 도우려면 천주교 핵심 인사인 윤성일을 자주 만나야 했으니까. 그러다 석기의 계획을 먼저 알고 먼저 화구통을 들고 나간 것이다. 그러니 백서를 운반하려던 건 석기이기도 했고 곧 현이기도 했다.

그림을 들고 눈물 흘리는 현에게 신부가 말했다.

"저는 이제 의금부에 찾아갈 것입니다. 저를 지키겠다고 너무나 많은 형제자매가 죽임을 당하고 있습니다. 더는 두고 볼 수가 없습니다. 그동안 감사했습니다."

신부가 옆의 사내에게 북경 교구에 보내는 편지를 내밀었다. 이 편지를 가지고 가는 사내를 신학생으로 받아달라는 추천서였다.

사내는 포도군관 홍기용이었다.

1년 전, 도성에서 숨어 지내던 노파의 집 마당에 포도군관이 들어선 날 신부는 모든 게 끝났다고 생각했다. 그러나 포도군관은 색출이나 체포를 위해 신부를 찾은 것이 아니었다. 옥에 갇힌 한 천주교도에 감화를 받은 홍기용은 신자가 되기로 마음먹었다. 군관 중에서도 누구보다 뒤를 캐는 데 뛰어났던 그는 결국 신부를 찾아냈다. 그리고 세례를 받은 뒤 포도군관의 직책을 이용해 은밀히 신부와 신자들을 도왔다. 한발 뒤에서 날랜 발걸음으로 그들을 지켜왔다. 석기 또한 자신도 모르는 사이 여러 번 도움을 받았다. 모두를 지킬 수는 없었으나 많은 이들을 구해온 것이다.

현은 그림을 돌돌 만 다음에 품에서 자신의 낙관을 꺼내 그림과 함께 화구통에 넣었다. 그리고 돌과 손으로 무덤을 한 자 정도 판 다음, 석기가 만들어준 분신 같던 화구통을 묻었다. 화구통과 함께 묻힌 것은 현이 아니라 석기였다.

신부와 홍기용은 현의 신산한 등을 묵묵히 내려다보고 있었다. 할 일을 마친 현은 홍기용에게 동행을 청했다. 홍기용은 말없이 고개를 끄덕였다. 그리고 신부에게 큰절을 올린 뒤, 굶주린 들짐승처럼 날래면서도 믿을 수 없을 만큼 한가로운 특유의 발걸음을 떼었다. 현도 그의 뒤를 바짝 쫓아 언제 다시 돌아올지 모를 먼 길을 떠났다.

❀

현, 아니 석기가 슬프고도 놀라운 마지막 이야기를 끝마쳤다.

"그러니까 너는 현이 아니고…… 석기인 거지? 화구통과 함께 묻힌."

단비가 조심스레 입을 열어 물었다.

"그래, 맞아. 그림자 화원 소석기, 그게 나였어."

석기가 담담히 답했다. 꽤 오래전부터 제 삶의 무게를 짐작하고 있던 것처럼.

"어떻게 그런 일이…….

"고마워, 단비야."

석기가 목소리를 한번 가다듬고 단비에게 말했다.

"뭐가?"

"전부 다."

단비는 더 묻지 않고 석기를 향해 가만히 미소 지었다.

16
이별의 다른 이름

모든 기억을 되찾았음에도 석기는 그림을 그리지 않았다. 제가 그리려 했던 것이 무엇인지, 무엇을 꿈꾸었는지 알게 되었지만 그릴 수 없었다. 그림을 그리는 순간 이곳에서 떠나게 되리라는 것을 알기 때문이었다.

그렇게 석기가 문구점 창고에서 깨어난 지 백 일째 되는 날이 되었다. 8월의 첫 번째 일요일이었다. 단비가 오늘만은 쉬라고 했지만, 석기는 괜찮다며 종일 문구점을 지켰다.

다른 날보다 문구점 마감을 빨리 끝내고 단비가 석기를 데리고 집으로 왔다. 석기가 단비네 집에 간 건 처음이었다.

석기는 신기하다는 듯 집 안 곳곳을 둘러보았다. 석기의 눈길이 마지막으로 머문 곳은 식탁 위에 놓인 어린 단비와 엄마의 사진이었다.

석기가 화구통에서 붓과 벼루, 안료와 먹물통, 낙관과 인주합을 꺼내 거실 바닥에 가지런히 늘어놓았다. 그리고 미완성 그림을 펼쳤다.

그림 앞에 경건한 자세로 앉은 석기는 숨을 한번 크게 들이쉬고 그림을 그리기 시작했다.

먼저 넓은 들판을 달리는 백마와 현을 그렸다. 그리고 하늘에 자줏빛 노을을 물들였다. 그런 다음 그려야 할 것들을 더 그려 넣고 마침내 그림을 완성했다. 자리한 곳은 달랐지만, 그림 속 현과 석기는 함께 석양을 바라보고 있었다.

석기가 인주합을 들었다. 157년 동안 한 번도 열리지 않았던 인주합의 뚜껑이 힘겹게 열렸다. 석기는 낙관에 인주합의 붉은 인주를 묻히고 심호흡을 한 다음 그림에 낙관을 올리고 꾹 눌렀다. 드디어 긴 세월을 뛰어넘어 그림이 온전하게 완성되었다.

석기의 표정이 편안해졌다. 그것은 석기가 떠날 때가 되었다는 뜻이기도 했다. 단비는 울컥 솟아오르는 서운함을 감추며 말했다.

"밥 먹고 가."

단비가 팬트리 선반에서 비빔면 봉지 하나를 꺼냈다. 그다음 냄비에 물을 붓고 인덕션에 올렸다. 물이 끓기를 기다리며 오이와 양파를 씻어 가늘게 채 썰고, 냉동실에서 차돌박이를 꺼내 구웠다. 조용했던 집 안에 고기가 지글거리며 익어가는 소리와 고소한 냄새가 순식간에 가득 찼다.

냄비 안의 물이 팔팔 끓자 면을 넣고 적당히 삶은 다음에 찬물에 여러 번 헹구었다. 뜨거운 김을 내뿜던 면발이 순식간에 탱글탱글하게 살아났다. 단비는 면을 채반에 받치고 탈탈 털어 물기를 뺐다. 모든 과정이 일사불란하고 분주하면서도 정성스러웠다. 물기가 마저 빠지기를 기다리며 김을 잘게 썬 다음 베란다에 있는 김치냉장고 맨 아래 칸에서 작은 김치 통을 꺼내 왔다. 이제 준비가 거의 끝났다.

단비는 싱크대 찬장을 열고 면기를 꺼냈다. 면기에 먼저 면을 소복하게 담고 비빔면 봉지 안에 들어 있는 양념장을 면 위에 남김없이 짰다. 설탕과 참기름을 조금씩 붓고 썰어 둔 오이와 양파 그리고 차돌박이를 보기 좋게 올렸다. 고명으로 잘게 썬 김을 올리고 깨소금을 톡톡 뿌렸다.

그리고 마지막으로, 김치 통에서 김치를 꺼냈다. 엄마가 못 견디게 그리운 날마다 조금씩 아껴 먹었던, 엄마가 마지막으로 담근 김치였다. 단비는 잠시 김치를 멍하니 보다가 집게로 김치를 집어 올렸다. 김치 통의 바닥이 보였다.

단비는 담근 지 2년이 넘어 푹 쉰 김치를 찬물에 헹구고

총총 썰었다. 그리고 차돌박이 옆에 얌전히 올렸다. 그릇을 석기 앞에 놓아주고 젓가락을 놓았다. 외할머니가 끓여놓고 간 된장국도 데워서 젓가락 옆에 놓았다.

"먹어봐. 내 소울푸드야."

"그게 뭐야?"

"영혼을 위로하는 나만의 음식. 우리 엄마가 이렇게 해주는 비빔면을 가장 좋아했거든."

"그렇구나. 잘 먹을게."

석기가 양념장과 고명과 채소를 면과 함께 골고루 비빈 다음 한입 가득 넣었다. 새콤달콤한 양념장이 잘 삶아진 차가운 면과 함께 입안에서 순식간에 사라졌다. 싱싱한 오이와 양파는 아삭거렸고 차돌박이 구이가 매운 양념을 감싸며 고소하게 어우러졌다. 그리고 엄마의 묵은지가 깊은 맛을 더했다. 석기는 숟가락으로 간간이 된장국을 떠먹으면서 순식간에 비빔면 한 그릇을 뚝딱 비웠다.

"이렇게 감칠맛 나게 맛있는 건 처음 먹어봐. 이런 게 소울푸드구나. 배만 부른 게 아니라 마음속까지 무언가 꽉 찬 것 같아. 고맙다, 단비야."

그동안 석기는 궁금했다. 많고 많은 사람 중에 깨어나 처음 만난 사람이 왜 단비였을까.

헤어짐을 앞둔 지금, 석기는 알 것 같았다. 어쩌면 서로 딱 맞는 홈을 가졌기 때문에 단비와 만난 게 아니었을까.

석기는 사람이란 세상에 던져져 자기의 길을 찾아 평생을 굴러다니는 공과 같다고 생각했다. 세상을 여기저기 굴러다닐 때마다 만들어지는 생채기로 공에는 홈이 파인다. 사람이라는 공에는 저마다 다른 홈이 파여 있다. 처음 만들어질 때부터 한쪽이 움푹 파여서 구를 때마다 힘에 겨운 공, 매끄럽게 태어났으나 생각지도 못한 곳에 부딪혀 한쪽이 떨어져 나가는 고통을 겪은 공. 그렇게 저마다 다른 모양의 홈이 파인 공들이 세상을 이리저리 굴러다니다가 딱 맞는 홈을 가진 이를 만나면 잠시 서로에게 맞물려 기대어 쉬는 게 아닐까, 단비와 자신이 그런 사이였던 게 아닐까, 생각했다.

그동안 기댈 수 있는 홈을 내주었던 단비에게, 석기는 처음이자 마지막으로 인사했다.

"너와 함께했던 시간 영원히 잊지 못할 것 같아. 함께 먹은 맛있는 음식, 편안했던 문구점 창고, 마음껏 그림을 그린 시간, 내 그림을 보고 기뻐해 준 문구점 손님들, 그리고 다정했던 친구들. 그동안 모두 고마웠다."

단비가 입술을 살짝 깨물고 답했다.

"다음에 만나면, 그때 또 맛있는 거 해줄게."

석기는 그저 웃었다.

단비의 눈앞에 지난 백 일의 시간이 스쳐 지나갔다. 그리고 뚜렷하게 깨달았다. 모든 것은 끝이 있다는 걸. 단비는 보고 듣던 그 사실을 이 순간 온몸으로 체화했다.

어떤 진실은 그것을 충분히 겪어야만 알게 된다. 그동안 단비는 그 횟수를 채우지 못했다. 엄마를 잃은 아픔이 너무 커서, 다시는 그런 아픔을 겪고 싶지 않아서, 다가오는 모든 이들을 밀어냈으니까.

누군가는 조금 빠르고, 누군가는 조금 늦게야 깨닫는 그 진실을 단비는 현, 아니 석기와의 만남을 통해 열일곱의 여름에 온전히 깨닫게 되었다.

엄마를 떠나보낸 아픔도, 모두 앞에서 빛나던 순간도, 단비 다이어리를 펼쳐가며 엄마 없는 세상을 살아내던 날들도, 그리고 석기와 보낸 시간도. 모든 것은 외면하려 해도 종국에는 끝나는 순간을 맞이하게 된다. 그것이 가슴이 터질 듯 기쁜 일이든 곧 죽을 것처럼 슬픈 일이든지 간에, 끝이 보이지 않을 것 같더라도 언젠가는 결국 끝을 마주하게 된다.

단비는 다른 사실도 알게 되었다. 이별은 끝이 아니었다. 소멸이 아니었다. 삶의 일부로 채워지는 일이었다. 이별은 기억이라는 다른 이름도 가지고 있기 때문이다. 삶과 죽음이 서로 등을 맞대고 있는 것처럼 이별과 기억도 마찬가지였다. 단비가 엄마를 기억하는 한, 석기를 기억하는 한, 엄마도 그리고 석기도 단비를 기억할 것이다.

사랑했던 사람과 함께한 행복한 기억, 그것이 힘든 이별이 기다린다 해도 서로 사랑해야 할 이유였다.

사람들이 저승사자라고 부르는 이가 다시 석기의 앞에 나타났다. 이제는 거짓말처럼 단비의 눈에도 그가 보였다.

"오래 기다렸겠구나. 현아."

석기가 그를 향해 말했다.

"그랬지. 오랫동안 웃전에 징글맞도록 떼를 썼다. 너의 완전한 죽음을 잠시만 보류해 달라고 말이야. 네가 이 세상에서 잠시라도 좋은 시간 보내게 해달라고, 살아있을 때 못 누린 행복을 당연하다는 듯이 누릴 시간을 달라고, 먹고 싶은 것 실컷 먹고 하고 싶은 것 실컷 할 시간을 달라고, 내가 너에게 미안했다고 말할 기회를 달라고, 먼 길 너와 함께 가면서 못다 한 이야기 나누게 해달라고……"

현이 웃음과 울음을 한데 섞어가며 말했다.

석기는 지난 백 일을 돌아보았다. 현 덕분에 그저 보통 사람처럼 살았던, 그래서 행복했던 시간을. 제 죽음을 미루게 해준 간절한 현의 염원 덕분이었다.

"석기야, 그때 내가…… 지켜주지 못해서 정말 미안했다."

현이 석기에게 오랫동안 하지 못한 말을 했다.

마침내 석기와 현이 천천히 발걸음을 옮겼다. 단비에게 미소로 인사하고 뒤돌아 걷는 둘의 뒷모습이 서서히 흐려져 갔다.

"잘 가요. 두 사람 모두."

단비의 눈에서 뜨거운 눈물이 흘러내렸다.

17

녹원아집도(綠邊雅集圖)

아침 7시 50분을 알리는 알람 소리가 요란하게 울렸다. 눈을 뜬 단비가 주방으로 갔다. 아침 식사를 준비하던 아빠가 단비에게 인사했다.

"잘 잤니? 방학에는 늦잠 좀 자고 그러지."

"괜찮아. 학교 갈 때보다 30분이나 더 자는데, 뭐. 괜히 늦잠 자버릇하면 개학하고 힘들기만 하고."

단비와 아빠가 식탁에 마주 보고 앉았다. 단비가 계란프라이를 한입 베어 물었다.

"오늘 프라이는 유난히 맛있네."

"그치? 아빠가 다른 건 몰라도 계란프라이 하나는 예술로 만들잖아."

"달짝지근한게 아주 좋아. 매실청 두르고 부치면 이렇게 맛있구나."

아빠가 당황하며 접시를 들고 냄새를 맡았다.

"응? 아닌데. 들기름으로 했는데."

단비가 피식 웃었다.

"농담이야, 농담."

"뭐야. 놀랐잖아."

단비와 아빠는 두런두런 이야기를 나누며 식사를 마쳤다.

"아빠. 설거지는 내가 할 테니까 얼른 출근해."

단비가 그릇을 싱크대에 넣으며 말했다.

"아니야, 아빠가 다녀와서 할게."

"방학이잖아. 그릇 몇 개 되지도 않는데 뭐."

"그럴래? 그럼 부탁할게."

아빠는 방으로 돌아가 출근 준비를 하고서 현관으로 나왔
다. 단비가 아빠를 배웅하러 다가왔다.

"아빠."

"응?"

단비가 잠시 뜸을 들이다 말했다.

"매일 맛있는 밥 해주고, 빨래도 해주고, 돈도 열심히 벌
어줘서 고마워."

아빠의 눈시울이 순식간에 벌게졌다.

"딸!"

쑥스러운 듯 단비가 아빠의 몸을 돌려 등을 밀었다.

"내가 무슨 말을 못 해요. 얼른 출근해."

아빠가 나가자 단비는 설거지를 마치고 물을 끓인 뒤 녹차를 우렸다. 그런 다음 큰 유리잔에 얼음을 가득 넣고 우린 녹차를 부었다.

단비는 차가운 녹차가 든 잔을 들고 거실 소파에 앉아 마주 보이는 벽에 걸린 그림을 바라보았다. 단비와 엄마 그리고 아빠가 환하게 웃는 모습이 그려진 가족 그림이었다.

석기가 떠난 다음 날, 단비는 문구점에 갔다. 늘 문구점 차양에 매달려 흔들거리던 초롱이 보이지 않았다. 석기의 빈자리가 가슴 한구석으로 밀려 들어왔다.

단비는 석기와의 만남으로 단비 다이어리 1번의 뜻을 다시 생각해 보게 되었다.

'누구보다 단비 자신을 1순위로 생각하기.'

그동안 단비는 이 말을 이기적일 정도로, 누구보다 열심히, 성공을 향해 앞만 보고 나아가라는 말로 받아들였다. 열심히 공부한 시간이 나쁘지는 않았다. 괴로운 걸 잊을 수 있었고, 좋은 성적으로 성취감을 맛보는 것도 좋았다. 그러나 생각해 보면 엄마가 적은 1번은 단비가 꿈을 꾸고 이루는 삶을 살라는, 그래서 행복하게 살라는 뜻이 아니었을까. 가슴 속에 꿈을 품고 살았던 현과 석기의 이야기가 단비에게 그런 생각이 들게 했다.

단비가 문구점에 들어가 창고 앞에 섰다. 선뜻 손잡이를 돌리지는 못했다. 호화로운 방에서 낮은 책상 앞에 앉아 초등학생용 스케치북에 6B 연필로 그림을 그리는 석기가 맞아주기를 바라서였다. 그러나 그럴 수 없다는 걸 알기에 한참 동안 문을 열지 못했다.

창고 안은 원래대로 돌아와 있었다. 온갖 상품과 비품, 청소 도구 같은 것들이 빽빽하게 들어차 있는 평범한 문구점 창고로.

그리고 그곳 한가운데 단비네 세 식구가 그려진 그림이 단비를 맞이하고 있었다.

건강한 엄마와 아빠 그리고 세진고 교복을 입은 단비가 활짝 웃고 있는 남부럽지 않은 가족 그림.

석기가 단비에게 남긴 선물이었다.

석기가 떠난 지 3년이 흘렀다. 벚꽃이 거의 떨어져 가는 따뜻한 봄날이었다.

토요일 오후, 단비가 대학가의 한 카페 문을 열고 들어갔다. 그리고 적당한 곳에 자리를 잡고 앉아 화구통을 내려놓았다. 나무로 만든 몸통에 가죽을 두르고 쇠 장식을 붙인 석기의 화구통이었다.

카페 출입문이 열리고 손님이 들어왔다. 단비가 손을 흔들었다. 손님이 다가와 단비 맞은편에 앉으며 툴툴거렸다.

"너 그 구린 화구통 좀 버리면 안 되냐? 아우, 구려. 새내기 맞아?"

"왜 이래. 이거 문화재야."

"문화재는 무슨. 딱 봐도 고물이구만."

"명품진품에 들고 나가볼까? 혹시 알아? 몇천만 원 할지?"

"망신당하지 말고 참으시지. 그런데 너는 무슨 의대생이 미대생보다 그림을 더 많이 그리냐. 우리 학교 앞에 그만 좀 와."

"장우주! 지금 텃세 부리는 거야? 내가 좋아서 그리겠다는데 학원비 대줄 거 아니면 잔소리는 그만하지."

"당연하지. 내가 여길 어떻게 왔는데."

우주가 턱을 내밀면서 장난스레 우쭐댔다. 그리고 생각했다. 그 시절, 도대체 그땐 왜 그랬을까. 단비는 단비이고, 자신은 자신인데, 왜 단비에게 집착하며 홀로 괴로워했을까.

하지만 돌이켜보면 힘들고 괴로웠던 그 시간이 자신을 단단하게 만들어준 것이 아닐까 싶기도 했다.

단비와 화해한 날, 그간 쓸데없는 데 시간과 에너지를 낭비했다는 걸 깨달은 우주는 다시 소망을 품었고 결국 이루었다. 그렇게 지나고 나야 보이는 것들이 있었다.

어느샌가 도착한 환희와 하은이가 자리에 앉았다.

"너넨 만나기만 하면 싸우냐."

"싸우는 거 아닌데? 나중에 진짜 싸울 때 부를 테니까 구경하러 와. 그럼 우리가 얼마나 다정한 사이였는지 알게 될 테니까."

넷은 음료를 주문하고 근황을 이야기했다.

"나 엊그제 술 먹고 완전 뻗은 거 있지. 눈 떠보니 내 방인데 어떻게 들어왔나 기억이 하나도 안 나는 거야. 그런데 엄마가 해장국 끓여주면서 그러더라. 내가 아빠한테 전화해서 지하철 끊겼으니까 목사님이 데리러 오라고 고래고래 소리질렀다고."

환희가 마시던 음료를 겨우 삼키고 박장대소했다.

"박하은, 너 사춘기 이제 시작하냐? 목사님 힘드셨겠다."

"몇 번 마셔봤는데 한 번도 안 취하길래 난 내가 술이 센 줄 알았거든? 그런데 섞어 마시니까 순식간에 훅 가더라고.

어제 죽을 것 같아서 꼼짝 못 하고 누워만 있다가 오늘 겨우 나온 거야. 충고한다. 절대 섞어 먹지 마. 환희 너는 재수 할 만해?"

신나게 떠들어대던 하은이가 대뜸 환희에게 화살을 돌렸다. 하은이의 물음에 환희가 우울한 표정을 짓더니 몸을 뒤로 젖혔다.

"죽을 맛이지, 뭐. 고1 때 내신 버리고 객기 부린 거 완전 후회 중. 현역은 역시 수시인 듯."

그러자 우주가 입을 삐죽거렸다.

"수능 잘 봐놓고 괜히 그런다. 너 다른 데 붙었으면서 단비 후배 되려고 재수하는 거잖아. 예비 5번으로 단비네 학교 떨어져서."

"눈치챘어? 아, 진짜 다시 생각해도 열받네. 어떻게 추합이 내 바로 앞에서 끊기냐."

단비는 우주와 환희의 장난스러운 대화를 못 들은 체하며 음료만 마셔댔다. 그때 하은이가 뭔가 생각났다는 듯 음료수 잔을 탁 내려놓았다.

"참! 너네 그 얘기 들었어? 구동하랑 남궁경빈이랑 또 헤어졌대."

"걔들 다시 사귀고 있었어? 졸업하고 완전 헤어진 줄."

"놀랍지도 않다. 이번엔 이유가 뭐래?"

"경빈이 여대 갔다고 동하가 좋아했잖아. 그런데 경빈이가 소개팅하다가 구동하한테 딱 걸렸대."

"내가 보기엔 걔들은 천생연분이야. 두고 봐. 둘이 결국 결혼하고 일주일 후에 이혼한다고 할 테니까."

넷은 투닥거리다가 가끔 커다랗게 웃다가 그렇게 시간을 보냈다.

한참을 떠들고 나서 네 사람은 카페에서 나와 지하철을 탔다. 그리고 인화미술관으로 향했다. 그곳에서 석기의 전시회가 열리고 있었기 때문이었다.

석기가 떠나고 단비는 아빠와 함께 석기가 그린 그림과 화구통을 대학 연구소에 맡겼다. 그리고 지난겨울, 드디어 감정이 끝났고 석기의 그림이 뉴스에 보도되었다.

단비는 지하철 의자에 앉아 기사를 다시 한번 검색했다.

[SBC 정인철 기자] 성운대가 지난 2년간 연구한 자하 소석기의 한국화 진본을 최초로 선보이는 전시회를 연다고 6일 밝혔다. '紫霞 소석기 진본전 - 160년 만의 외출'이라는 이름으로 열리는 전시는 오는 10일부터 인화미술관에서 관람할 수 있다.

성운대는 한 제보자로부터 소 화백의 유품과 유작의 감정을 의뢰받고 연구와 감정을 거듭했다. 그 결과 진위 논란이 끊이지 않았던 허현의 그림 상당수가 소석기 화백의 그림이라는 것이 밝혀졌다. 그동안 이를 뒷받침해 온 자료들이 이번 제보로 근거를 확보하게 된 것이다.

인화미술관은 이번 성과로 조선 후기 새로운 화풍을 창시한 화가로 떠오른 소석기의 작품 23점과 그의 벗이자 도화서 화원이었던 허현의 궁중기록화 14점을 함께 공개하는 자리를 마련했다.

두 화백은 함께 그림을 그리거나 평을 써주기도 하며 신분을 뛰어넘는 친구로 지낸 것으로 전해진다. 이는 제보자가 기증한 '녹원아집도(綠薳雅集圖)'에도 잘 나타나 있다. '아집도'란 친한 벗들과 야외에서 풍류를 즐기고 이를 기념하기 위해 그린 그림을 뜻한다. 녹원아집도에 그려진 곳은 어딘지 알 수 없는 넓고 푸른 초원으로 어디에도 얽매이지 않는 진정한 자유를 추구한 화백의 정신을 느낄 수 있다.

그림 속 인물은 단 세 명이다. 말을 타는 허현, 그림을 그리는 소석기, 그리고 소석기의 옆에서 함께 그림을 그리는 정체 모를 묘령의 여류 화백뿐이다.

허현은 호를 스스로 귀마(歸馬)라 정할 정도로 말을 사랑했으며 예인이기보다 무인이기를 원했다고 전해진다. 예인과 무인의 풍류를 한 화폭에 담아낸 이 작품은 소석기의 어느 작품보다 뛰어나다는 평을 받는다.

이번 전시를 통해 오랜 시간 모습을 드러내지 못한 비운의 화백, 자하 소석기의 발자취를 따라가 볼 수 있다.

넷은 이윽고 인화미술관에 도착했다. 전시관은 석기의 그림을 보러 온 사람들로 가득했다.

입구에서부터 단비는 친구들과 떨어져 홀로 전시를 관람했다. 하은이와 우주, 환희는 그런 단비를 멀찍이서 가만히 바라만 보았다.

천천히 걸음을 옮기던 단비가 마침내 한 그림 앞에 멈춰서서 떨리는 한숨을 옅게 토해냈다. 녹원아집도였다. 한참이나 그림을 바라보던 단비는 핸드폰을 들어 그림을 찍었다. 그리고 사진을 SNS에 올리며 이렇게 적었다.

'그림자로 살다 빛이 된 천재 화가, 내 친구 소석기 첫 전시회. 현과 석기, 영원히 함께.'

에필로그

엄마를 잃은 열여섯 살의 어느 날 밤, 단비는 울고 있었다. 아빠에게 우는 소리가 들릴까 봐 이불을 머리끝까지 뒤집어쓰고 소리 죽여 울었다.

엄마가 죽은 후 단비는 제대로 하루를 마무리한 날이 없었다. 학교에 다녀와 친구들과 즐거웠던 일을 풀어놓지도, 마음에 들지 않는 선생님 흉을 보지도 못했다. 그래야만 하루가 온전히 끝나곤 했는데 더는 그럴 수가 없던 것이다.

해가 뜨고 지고 다시 떠올라도 단비에게는 매일 똑같은 날이 이어졌다. 엄마가 죽은 날만이 반복되고 있었다. 가끔은 내일 똑같은 날이 찾아온다는 것이 두려워 숨쉬기가 어려울 정도로 가슴이 답답해지기도 했다.

그 밤도 그러했다. 그리움과 후회와 두려움이 성실한 빛

쟁이처럼 꾸역꾸역 밀려오는 밤이었다.

누군가 울고 있는 단비를 부르는 소리가 들렸다. 단비가
이불 밖으로 고개를 빼꼼히 내밀었다. 방 안에 사람이 아닌
것이 분명한 낯선 존재가 있었다. 지금까지 한 번도 보거나
상상해 본 적 없는 모습을 하고 있었으나 두렵게 느껴지지
는 않았다.

"누구세요?"

"너에게 선택권을 주려고 온 존재라고 해두지."

"어떤 선택이요?"

"나는 이별의 아픔을 감당하지 못하는 이들을 돕는 자다."

처음 들어보는 말이었다.

"저에게만 온 거예요? 아니면 다른 사람들에게도 찾아갔
나요?"

"인류의 역사만큼 긴 세월 동안, 너만큼 힘들어 한 모든
사람을 찾아갔지. 그들을 찾아가 물었고 이제 너에게도 묻
는다. 이 아픔을 지우기를 원하는가?"

단비가 눈을 크게 뜨고 반색했다.

"정말 그럴 수 있나요? 그렇다면 그러고 싶어요. 너무나."

"네가 원한다면 그렇게 해줄 수 있다. 하지만 아픔이 지워
질 때 함께 지워지는 것이 있다. 바로 그 아픔의 주인, 네가

사랑했던 엄마에 대한 기억. 잘 생각해라. 선택의 기회는 한 번뿐이다."

단비는 대답할 수 없었다. 이 감당하기 어려운 아픔을 잊을 수만 있다면 무엇이든 할 수 있다고 생각해 왔다. 하지만 엄마를 잊는 건, 생각조차 할 수 없었다.

"아픔만 지울 수는 없나요? 아픔과 기억은 꼭 함께여야 하나요?"

"그렇다."

단비는 곰곰이 생각하고 다시 물었다.

"이럴 때 다른 사람들은 어떻게 했나요?"

"다른 사람은 중요하지 않아. 너의 마음이 중요하다."

"혹시 헤어진 다음에 금방 아무렇지 않게 지내는 사람들은 잊는 걸 선택한 건가요?"

"그렇지. 그 사람들은 아주 좋은 선택을 한 거야."

단비는 또다시 생각했다. 분명 고민되었지만, 그 고민은 길지 않았다.

"아프지만 참아보겠어요. 아무리 아파도 엄마를 잊을 수는 없어요."

단비의 눈빛은 선명했다. 그 눈을 똑똑히 마주 보던 존재는 천천히 등을 돌렸다.

"너도 아주 좋은 선택을 했구나. 내일이면 나를 만났던 기억은 사라질 거다. 인류의 역사만큼 긴 세월 동안 내가 만난, 너만큼 힘들어했던 다른 모든 이들처럼 말이다. 그럼 푹 자렴. 네 선택에 대한 선물이 기다리고 있을 것이다. 신의 축복이 있기를."

그가 연기처럼 사라졌다. 단비는 곧바로 잠이 들었다. 모처럼 깊은 단잠이었다.

그리고 꿈속에서 엄마를 만나, 참 아무렇지 않고 온전한 하루를 보냈다.

가끔 그럴 때가 있습니다. 부모님과 전화 연결이 되지 않거나 목소리가 평소와 다를 때요. 그러면 그 짧은 시간 동안 혹시 무슨 일이 생긴 건 아닌가, 어디가 편찮으신 건 아닌가 하고 심장이 쿵 내려앉아요. 그러다 괜찮다는 걸 알게 되면 아무 일도 없는 평범한 일상이 얼마나 고마운지 다시금 깨닫습니다. 그리고 생각하죠. 언젠가는 맞닥뜨리게 될 텐데 그땐 어떻게 해야 하나 하고요. 이별이란 이렇게 생각만으로도 아프고 피하고픈 일입니다.

이 소설을 쓸 기회가 주어졌을 때 어떤 이야기를 쓸까 결정하는 데는 그리 오랜 시간이 걸리지 않았습니다. 2022년 시월에 많은 이들이 겪은 슬픈 사건이 떠올랐기 때문입니다. 그 말도 안 되는 소식을 들으면서 가족과 친구를 잃은 수많은 사람들, 특히 어린 친구들이 얼마나 힘이 들까 싶어 무척 마음이 아팠습니다.

누구나 예외 없이 겪는 것이 사랑하는 이와의 이별이라면 어떻게 그 아픔을 이겨낼 수 있을까, 잘 이별하는 방법은 무엇일까 생각해 봤습니다. 그러자 단비와 현, 석기의 이야기가 조금씩 떠올랐어요. 그리고 소설 속 인물들이 이별의 아픔을 치유해 가는 과정을 보면서 저도 위로를 받았습니다. 『화원귀 문구』는 어쩌면 저에게 스스로 놓는 예방주사일지도 모르겠습니다.

집필을 마치고 생각했습니다. 사랑하는 사람들이 옆에 있을 때 더 많이 아끼고 사랑해야겠다고요. 그럼 귀한 지면을 얻었으니 그 마음을 활자로 한번 새겨보겠습니다.

글이 끝나갈 무렵, 친구가 아프다는 소식을 들었어요. 인정이가 꼭 이겨내길 기도합니다.

곁에 머물면서 아껴주고 응원해 주는 가족과 친구들 모두 감사하고 사랑합니다.

마지막으로 이 작품이 세상에 나올 수 있도록 애써주신 고즈넉이엔티 윤승일 이사님과 유민우 피디님께 감사드립니다.

2023년 봄, 소향

화원귀 문구

3쇄 발행	2024년 5월 1일

지은이	소향
펴낸이	배선아
편집	유민우
본문 디자인	손주영
펴낸곳	고즈넉이엔티

출판등록	2017년 3월 13일 제 2022-000078호
주소	서울특별시 마포구 성지1길 35, 4층
대표전화	02-6269-8166
팩스	02-6166-9199
이메일	gozknockent@gozknock.com
홈페이지	www.gozknock.com
블로그	blog.naver.com/gozknock
페이스북	www.facebook.com/gozknock
인스타그램	www.instagram.com/gozknock

ⓒ 소향, 2024
ISBN 979-11-6316-866-9 03810

표지 일러스트	가지